韩雅秋诗词集

韩雅秋 / 著

文化藝術出版社
Culture and Art Publishing House

青衫磊落 红袖婉约

梁文道

  诗词的世界一直是一个梦，一个从历史和人文中衍生出来的不息的梦，隐隐约约，绚丽生华，不可抗拒。

  韩雅秋诗庄词媚，词更温情和婉约，是直抵人心的拨弄与思量，是留给后人一场华丽而隐秘的心事，也是一串从平平仄仄中走来的天籁之音。说她的诗美，美如玉人，光彩照人，平和静谧，是食了人间烟火的小家碧玉，永远不会让人觉得高不可攀。可又是古色古香、温婉典雅的代表，一回首，就是万种风情，绝代风华。于是黄卷孤窗，有着蛊惑人心的吸引力。那些曾经的过往，那些已经老去的人和事，当韩雅秋用婉约的心绪写下十里春风，写下三分明月，写下一庭落花，写下半棹流云，写下两处幽梦，写下满纸情怀的时候，世道人情就因为这词曲的魅力而鲜活和生动，栩栩如生的诉说，像一道光，一场意外的相逢，穿越时光，触动心底，似曾相识泪汨流了一地。

  大多数时候，我们都必须在这样的尘世里，在钢筋混凝土的森林中学会坚强和隐忍，学会自我保护，不受伤害，于是日渐冷漠淡然。可是我们的灵魂依然无处归依，日夜不歇地在不知名的地方游荡，来来去去，不可名状。恍然中，发现自己和词里的人曾经有过同样的梦想，如爱情的决绝、疼痛，如友情的温热、呵手，如飘零的孤独、无助，如故国的绝望、哀楚，如人生的沉浮、虚妄，如故乡的遥远、阑珊。所有的悲喜，都在某一刻被无声地唤起，轻轻一碰，就如落花一样满地残缺，措手不及。

  韩雅秋诗词的魅力，就在于会不期而遇地与我们共鸣，原来我们还能借着词曲找到自己最初的单纯与梦想，原来还可以在这样的时刻回归到触摸灵魂的自我审视里。如果能，被泪水清洗过的心重新又干净通透，像雨后的青山，翠微无尘，不管怎样，明天至少会是别样的心情。我们在她的诗词里找到了慰藉，然后从容地面对这个世界。

人世的悲欢离合，都是在诗词中凝结成的一曲轻吟，读着诗词，仿佛看了许多的人生，像流星一样闪亮旋灭，舞尽繁华，重归寂寂。那么，珍惜这美好的时光，珍惜这尘世的一段轮回，走过的路，便是最好的回报。

太多的人在诗词的技巧上浸淫和研习，甚至有太多的长篇大论喋喋不休，而那些隐藏在诗词的背后动人的故事，那些已经流失在时光里的情感，却是最值得关注的表达。所以，就在读韩雅秋诗词的时候，读一读那些被忽略掉了的心事，依然是青衫磊落，红袖婉约，还原着古往今来不变的追求和梦想。

因为有梦想有追求，我们的世界才如此美好。因为有历史上那些美丽的人和词，我们才能口齿噙香，从古绵延到今。

目录 | 古风

爱的真言	3
葡萄沟之歌	4
塞外	5
大树	6
挚爱	8
天生	9
狗	10
佳句	11
钓渭	12
咏太阳	13
感情戏言	14
疯狂	15
巨人之明	15
贺言论自由	16
爱之根	17
秘密	18
包	19
风波	20
暴发户之歌	21

祭慈禧	22
党管钱	23
官商途	24
自由	25
棠棣	26
梦龙	27
白发心骄	28
先生之诗	29
有感先生学诗	30
感王海打假	31
对美撞机强降事件有感	31
请保持起码的距离	32
贺我国加入世贸挂牌开馆	32
自知	
——赠先生	33
感古今之歌	34
感某服装大展	35
观书偶感	36
通俗歌	37
诗酒	38
热吻	39
无题	40
做恶搞	41
抽风	42
人情	43
智囊颂	44
嫦娥	44
笔耕	45
蛊惑	46
咏菊	46
感台湾	47
浪漫的人生	48
大禹	49
杂感	50
来日长	51
给力	52
十年成	53
暴富者	54
滨城记事	55
跛脚鸭	56
斥不肖之子	
——刘晓波	57
路漫漫	58
悬壶	
——贺孙元凯先生加入中国作协	59
建党	60
尽欢颜	61
万物之灵	62
国魂	63

七律

画狐	67
真意	68

廉洁梦	69
大连	70
叹回头	71
忆当年	73
刚强	74
妇随夫唱	75
赠台统组织	76

五律

思亲	79
勉先生	80
不悠闲	81

七绝

人生	85
游西安	86
天山恋	86
赠先生	87
觅忘言	87
醉言无忌	88
路边花	88
生存与希望	89
青春	89
春日思	90
青山	90

志应酬	91
两心共患	91
致青年朋友	92
咏莲	92
感师道	93
戒厌学	93
拟古诗文	94
公民	94
虎威	95
破茧	96
今春	96
节俭恬恬	97
心碑	97
梦菊	98
诗情	98
风流日月	99
高阁春风	99
谈贵贱	100
读《红楼》有感	100
人生的路径	101
江月吟	101
茅庐颜玉	102
不患	102
难处须知	103
抒情	103
读阮籍"咏怀"有感	104
有爱	104

家教	105	千金一诺——银婚纪念	118
天堂	105	西湖今赋	118
重读陆星儿《遗留在荒原上的碑》	106	归来	119
残花败柳	106	孝敬	119
心中的歌	107	庆祝反法西斯战争胜利50周年	120
野猫	107	勉孙菊	120
侯门公府	108	第二春	121
惜阴	108	你和我颂	121
衣锦匆匆	109	追求	122
人和	109	举杯	122
别忘有东突	110	悦耳独听	123
咏菊	110	烈汉	123
难求	111	团圆	124
老山参	111	燕子之歌	124
贼星	112	雨后林霞	125
爱国青年	112	桃园一览	125
溺爱	113	郊野小游	126
谁似斯人	113	转折点	126
诗迷（药水）	114	身心	127
读李清照	114	老有为	127
道情	115	乌鲁木齐	128
四美争荣	115	谈人生	128
天地为人	116	冲腾	129
铁树赋	116	诗情	129
无求与有志	117	中华古韵	130
感大风	117	吟成一句	130

妙笔	131
比翼	131
偶感	132
作书	132
聊以解嘲	133
示儿	133
可叹	134
自娱	134
人怕逼	135
恤祭南京大屠杀	135
申奥	136
阿门	136
祭孙文	137
勉儿诗	137
闯文坛	138
周恩来总理逝世26周年纪念	138
感《纽约时报》评核态势报告	139
感叶乔波	139
题浩哥满月	140
谁可恨	140
耳顺人生	141
情怀趣处	141
港湾月夜	142
看拙劣影视剧有感	142
盼书	143
唯一祸首	143

感未来中东与世界	144
喜度中秋	144
中日建交30年赠日本人民	145
观书市有感	145
有感"作"	146
感苦难中的中东人民	146
戏儿	147
美女倾城	147
神舟四号祝	148
昨夜星辰	148
鲜血换石油	149
美对伊拉克开战20日有感	149
庆先生66岁生日	150
春思	150
祝中国载人航天初功探月	
——题酒泉卫星发射基地烈士墓	151
庆"神5"载人发射成功	152
天伦	152
黄！黄！	153
观纪念片《诗人毛泽东》有感	153
有感病痛	154
年关微恙	154
演艺圈中	155
本朝文苑	155
游海南·亚龙湾	156
游海南·天涯海角	156

大道	157	共逆舟	171
步韵	157	贺烟大轮渡通车	172
读钓鱼之歌有感	158	耳顺豪情	172
激扬文字	158	《藏地燃情》出版有感	173
挚爱	159	共度	173
从文	159	同学少年	174
书成有感	160	少年感怀	174
摘樱	160	感怀平型关大战	175
乔迁	161	习儒乐	175
文苑	161	育慧	176
搏击—孙菊写照	162	勉阿飙	176
中秋	162	为夫秀	177
迎国庆	163	问责	177
庵尼失度	163	诗意	178
贩黄	164	梁灏之智	178
摇乐梦	164	祭祖	179
名人舌贱	165	今春风雨	179
小区趣闻	165	寄画师吴冠中	180
提醒	166	生机	180
纯真	166	咏珠蚌晶雕	181
经成黄卷	167	迷你杯啤酒节	181
夏夜大连	167	感日本撞我渔船扣渔民	182
海湾酷夏	168	朝气	182
上文坛	168	——感"人……"牌	183
小女乖	169	不悯寄生	183
观影视暨写作感受	170	涧水情怀	184
老骥征途	171	星海湾之夜	184

历史的凶残	185
天宫一号发射成功	185

五绝

幸福	189
生存	189
凤仙花	190
梦笔	190
今生	191
慧眼	191
春秋日日吟	192
感人和事	192
清明	193
同心	193
老公	194
礼乐文明	194
庭苑	195
先生生日有感	195
娱乐	196
我之人生	196
春情	197
丽日	197
游西湖感浪漫之旅	198
黎明	198
赞京戏《沙家浜》	199
春	199
夏	200
秋	200
冬	201
庙盗	201
国运	
——寄"六一"儿童节兼示儿孙	202
絮语	202

词

卜算子　送君援藏	205
酷相思　送别	206
长相思　爱之河	207
十六字令　援藏（三首）	208
如梦令　荒谬	210
醉花阴　援藏春秋	211
长相思　说红牛	212
忆秦娥　为君	213
采桑子　顺风扯旗，戏赠先生	214
卜算子　教子女	215
一剪梅　婆母悲歌	216
忆秦娥　瀛台	217
朝中措　盼儿女	218
忆江南　乱云	219
青玉案　祖国早	220
菩萨蛮　钱，官	221

浣溪沙	处世为人	222
三字令	男人经	223
南歌子	拟古咏菊	224
伤春怨	伤春暮	225
忆江南	观含鄱口有感	226
如梦令	拟古反腐	227
玉楼春	桃夭	228
菩萨蛮	胡涂	229
醉太平	扫文明害虫	230
蝶恋花	欣闻辽宁台报明年将实现载人航天飞行感赋	231
汉宫春	立春	232
浣溪沙	叹彗星	234
如梦令	虫蛊	235
浣溪沙	铁流赞叹	236
临江仙	先生大病	237
一剪梅	母爱儿传	238
玉楼春	海滨之韵	239
菩萨蛮	浪漫	240
玉楼春	华表	241
诉衷情	—先生生活写照	242
浪淘沙	咏菊	243
诉衷情令	赠先生	244
木兰花	感玩弄感情者	245
望江东	哀心路	246
醉花阴	乖乖鸟	247
踏莎行	情乱	248
浣溪沙	游栈道	249
渔歌子	闲游	250
忆王孙	新民	251
鹧鸪天	雨水日迎婿归	252
竹 枝	近海观潮	253
浣溪沙	杜鹃红	254
忆王孙	参中山陵感孙中山	255
玉蝴蝶	伟大的女性	256
眼儿媚	包N奶	258
浪淘沙	举觞	259
浪淘沙	有感儿媳	260
鹧鸪天	平民之恨	261
渔家傲	贫与富	262

曲

[中吕]	《醉高歌》 庆幸	265
[正宫]	《塞鸿秋》 自勉	266
[中吕]	《山坡羊》 性情男人	267
[越调]	《小桃红》 流行歌舞	268
[中吕]	《折桂令》 零伍抒怀	269
[越调]	《天净沙》 邻海抒怀	270
[双调]	《新水令》 滥情	271
[双调]	《折桂令》 传统	272
卷尾诗—福祉		273
后 序		274

古风

爱的真言
（古风）

1964年元旦于沈阳204

至理兮成名言，

有情兮动心弦。

传统兮多理念，

真爱兮享百年！

人间兮求至善，

美梦兮或缠绵！

自 注：

诗取古风体格式，不拘平仄。
韵脚在《中华新韵》十四寒，一韵通押。
题解：这是关于爱的几句知心话，信不信在个人。

葡萄沟之歌
（古风）

1964年8月16日于乌鲁木齐

火焰山下有天堂，

洞室苍凉惟崿房。

交河高昌古名望，

葡萄沟里颂阴阳。

枝枝藤萝风荡漾，

青青绿叶欲滴凉。

串串晶珠枝头上，

张张笑脸绿荫藏。

迎来游子情推浪，

住民家里待客忙。

远山巴郎歌嘹亮，

阿丫啦呀笑声扬！

自注：

诗取古风体格式，不拘平仄。
韵脚在《诗韵集成》下平声七阳，一韵通押。
题解：葡萄沟是新疆吐鲁番地区盛产无核白葡萄的名胜景观之地。另有吸引人的石窟、交河、高昌古城、苏公塔、火焰山等古迹。

塞外
（古风）

1964年10月2日于乌鲁木齐

边塞多悠闲，

无事少劳烦。

偶有思乡里，

访友随口谈。

西域路漫漫，

城邦国相连。

喀什汉城站，

东发去和田。

且末一夜店，

中转大河沿。

日游高昌国，

不久回酒泉。

自注：

诗取古风体格式，不拘平仄。
韵脚在《诗韵集成》上平声十五删通覃转先通押。
题解：这首诗抒发的是老一辈人在大西北生活的感慨。

大树
（古风）

1966年7月8日于乌鲁木齐

大树森森，

枝干悬阴。

有鸟相依，

以渡晨昏。

大树森森，

胡狲成群。

天将乐园，

万物同亲。

大树森森，

人气祥浸。

生当合睦，

彼此交心。

自 注：

诗取古风体。
韵脚在《诗韵集成》下平声十二侵通真转文、元通押。

挚爱
（古风）

1967年6月26日于（乌鲁木齐—北京）列车上

江山秀气秉精灵，

挚爱苍生不惜情。

语出真心由悟性，

德播天下染枫红。

自注：

诗取古风体。
韵脚在《中华新韵》十七庚通东通押。

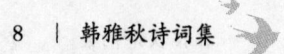

天生
（古风）

1967年10月1日于（北京——乌鲁木齐）兰州站

天生性友善，
持正以为荣。
挑战惊人心，
疾恶胆气宏。
爱恨达知己，
正义在有情。
扫尽黄毒滥，
还民风气清。
信有党领导，
无忧天不明。

自 注：

诗取古风体。
韵脚在《诗韵集成》下平声八庚，一韵到底。

狗
（古风）

1970年8月16日于乌鲁木齐

看家护院狗一窝，

旦有行为乱啰啰。

万籁俱寂静无事，

专待主人喂几多？

自 注：

诗取古风体格式，不拘平仄。

韵脚在《诗韵集成》下平声五歌，一韵通押。

题解：此诗题是说狗，狗本无罪，人也无什么可说它。可是如果狗仗人势，人倚狗威，妨害人类，就非说说不可！

佳句
（古风）

1973年5月1日于乌鲁木齐

佳句靠琢磨，

孕育苦乐多。

产前享欢乐，

临盆忘死活！

自 注：

诗取古风体格式，不拘平仄。
韵脚在《中华新韵》二波，一韵通押。
题解：这首小诗写的是学习写作过程中的一点感受，未必真切，特别是精神上的痛苦与折磨并未完全表达出来。当然，创作中的幸福感才是主要的。

钓渭
（古风）

1975年12月6日于乌鲁木齐

钓渭八十又八冬，

怀才寂寞恨无穷。

文王旦得飞熊梦，

从此人间识太公。

自 注：

诗取古风体格式，不拘平仄。
韵脚在《诗韵集成》上平声一东、二冬通押。
题解：此诗劝人遇事要有耐心，追求理想顽强没错，但不可急欲求成。

咏太阳
（古风）

1976年8月8日于乌鲁木齐

喷薄出水淋漓红，

霞光万丈映东溟。

照耀长空唯天命，

夕阳羞怯也雍容！

自 注：

诗取古风体格式，不拘平仄。
韵脚在《中华新韵》十七庚、十八东通押。
题解：地球上万物的生机，都是太阳赐给的，它给人类乃至万物的苦与乐都是真实的。

感情戏言
（古风）

1979年7月8日于乌鲁木齐

夫妻终生恋，

恩爱无凄患。

朝暮无寒酸，

欢愉称心愿。

忠实锁心猿，

精神人感叹。

信誓超百年，

此生无遗憾！

自注：

诗取古风体格式，不拘平仄。

韵脚在《中华新韵》十四寒去声，一韵通押。

题解：先生志愿援藏工作十来年时间，人分两地，心在一处，恩爱如初，深感自豪与幸福。

疯狂
（古风）

1981年3月16日于乌鲁木齐

热血青年总疯狂，

我心应口说嗜郎。

华发盈颠复闯荡，

援藏归来再援疆。

自 注：

诗取古风体格式，不拘平仄。
韵脚在《诗韵集成》下平声七阳，一韵通押。
题解：先生个性强，为工作往往忘记生活。常累家庭分居，不得团聚，不能像一般青年家庭那样幸福。先生自愿去西藏阿里工作十年，本可以调回沈阳，可是他又选择在新疆工作。我和孩子们只好高兴地随他继续留在新疆工作与学习。

巨人之明
（古风）

1982年10月1日于乌鲁木齐

迅哀不幸怒不争，

旧呼三斗乐无穷。

邓公俚俗求实践，

猫捉老鼠即英雄！

自 注：

诗取古风体格式，只讲韵不计平仄。
韵脚在《中华新韵》十七庚、十八东通押。
题解：关于"猫论"，不管黑白之说，只是俚语中一个比喻。联系改革开放实践中，邓公明确提出坚持四项基本原则，这是建设有中国特色的社会主义的完整内涵，缺一不可！

贺言论自由
（古风）

1982年11月2日于乌鲁木齐

始皇焚坑多糊涂，

董罢百家独尊儒。

毛公"双百"尽人意，

而今言论杀头无。

自注：

诗取七言古风。
韵脚在《诗韵集成》上平声七虞韵部，一韵到底。
董仲舒《汉书》："仲舒遭汉承秦灭学之后《六经》离析，下帷发愤，潜心大业，令从学者有所统一，为群儒首。"
题解：现在的言论自由，已经与以往历史上大不相同了……

爱之根
（古风）

1990年12月6日于乌鲁木齐

夫妻存爱惜，

心中有真意。

情在此生中，

不敢为儿戏。

倪爱思无我，

杂念多摒弃。

问那是根基，

不可随离异！

自 注：

诗取五言古风体格式，不拘平仄。
韵脚在《中华新韵》七齐仄声，一韵通押。
题解：爱是青年人生中的灵魂。这里说的是真爱，而不是假爱。不是爱钱、爱房子、爱车子……否则，爱会变味的！

秘密
（古风）

1991年5月6日

　　青年有朝气，老年多阅历。论前程，别泄气！抓机遇，拼搏去！幸运事，如游戏。讲付出，没秘密！

自注：

诗取古体诗中的古风体格式，最早的古风既不拘平仄，也可不押韵律，此诗也未刻意查韵脚。

题解：此诗以内容为主，自以为语言虽无新意，但重点指出的是实际，是关键问题。成绩大小，才能与机遇都很重要，但付出多少，往往与成绩大小有直接的联系。

包
（古风）

1992年5月30日于乌鲁木齐

包字进公产，

经理红了眼。

职工闹翻天，

领导丢了脸。

青工更骂娘，

劳模问谁管。

上级理由多，

破产有保险！

自注：

诗取五言古风体格式，不拘平仄。
韵脚在《中华新韵》十四寒上声，一韵通押。
题解：此诗记下的是包产初期的混乱状况。

风波
（古风）

1992年9月30日于乌鲁木齐

中华国难苦情多，

百年外患唱悲歌。

抗战八年比强弱，

烈士鲜血流成河。

国共争锋蒋氏恶，

卖国求荣起风波。

华夏一统人心乐，

兄弟联手驱妖魔！

自注：

诗取古风体格式，不拘平仄。
韵脚在《诗韵集成》下平声五歌，一韵通押。
题解：国家统一，人民团结是中华民族历史性发展的根本基础。
中华民族只要团结一心，针锋相对，一致对外就够了。

暴发户之歌
（古风）

1992年12月21日

想当初张三李四，有膘好马有钱能士。改革旗帜，国企不增值；贪污盗窃，血汗尽流失！

暴发学贼子，金钱壮无耻！坏事装潇洒，小秘三陪酬淫志！

少法制成昨日，今朝揭破东窗事！罪恶累累人发指，刑场卑微恨该死！

自 注：

诗取古风体，不拘平仄。
韵脚在《中华新韵》五支仄韵，一韵到底。

祭慈禧
（古风）

1994年9月7日于乌鲁木齐

姬妾干政古来稀，

同道堂内埋玄机。

虎毒食子非儿戏，

打鸣囚帝系母鸡！

自 注：

诗取古风体格式，不拘平仄。
韵脚在《词林正韵》第三部五微、八齐通押。如按《中华新韵》七齐，一韵通。
题解：这里说的是清朝末期皇妃慈禧扰朝政，名曰垂帘听政，实则篡位夺权，以致造成国家腐败衰弱，后患无穷。

党管钱

（古风）

1995年7月1日于乌鲁木齐

金融魍魉兮，
鬼难言。
贷款无收兮，
乱麻团。
公私兼顾兮，
心口谗。
稽核难管兮，
回扣联。

国库猫鼠兮，
视不见。
搂钱耙子兮，
皆有权！
反腐重点兮，
朝前看，
国家命脉兮，
党管钱！

自注：

诗取古风体格式，不拘平仄。
韵脚在《中华新韵》十四寒，一韵通押。
题解：要管好钱，自上而下金融是重点。金融的监管部门是前沿！

官商途
（古风）

1995年12月26日于乌鲁木齐

官为商暴富，

商通官开路。

官商共劫财，

国有被虫蛀。

有贫依旧贫，

富生不仁户。

差距时增长，

扩大还无度！

忧者多匹夫，

有道须多助。

防腐时时有，

须防邪恶处！

自 注：

诗取古风体格式，不拘平仄，只押韵。
韵脚《中华新韵》十姑，一韵通押。
题解：现有官商勾结现象，从法律上尚须加大打击力度，方可维护社会主义市场经济健康发展。

自由

(古风)

1997年6月6日于乌鲁木齐

命运钳足志未休,
― ― ― ― ― ―

矮屋檐下望抬头。
― ― ― ― ― ―

樊笼无奈时穿透,
― ― ― ― ― ―

燕雀南飞系自由。
― ― ― ― ― ―

自 注:

诗取古风体。

韵脚在《诗韵集成》下平声十一尤,一韵通押。

题解:此诗题很简单,系见笼鸟有感。不容讳言,也可理解为以物喻人。

棠棣
（古风）

1997年9月6日于大连

海阔天空处，

半岛隐归骑。

尝忆西游远，

征程造化奇。

抚今鬓发白，

步履尚整齐。

唐棣晚其华，

子食味可居！

自注：

诗取古风体格式，只讲韵，不拘平仄。
韵脚在《中华新韵》七齐，一韵通押。
棠棣：也叫常棣、唐棣、郁李。是一种小乔木，春天开白花球形，果实黄或紫色，普通水果，味尚佳。
题解：此诗明说，即借唐棣之题，抒人生之旅。回忆青壮年时期的苦旅，联系而今的隐逸，不免有种难说的味道，总觉得任何一种人生都是不那么容易的。

梦龙

（古风）

1998年6月15日于大连

贫家生娇女，

祖母为名萍。

母爱梦中幸，

天人赐小龙。

幼小肩承重，

村里负亲情。

吃苦身子硬，

环境磨炼成。

风雨扶身正，

智斗增聪明。

繁华无止境，

大道有前程！

自注：

诗取古风体格式，不拘平仄。

韵脚在《中华新韵》十七庚、十八东通押。

题解：诗中所说，实为大女儿孙萍亲历亲为的点滴故事，并无浮夸之意。

白发心骄
（古风）

1999年元月26日于乌鲁木齐

白发如白袍，

蹒跚摇街摇。

不去便微笑，

人老心更骄！

自 注：

诗取古风体格式，不拘平仄。
韵脚《诗韵集成》下平声四豪、二萧通押。
题解：自古有"人老心不老"的说法。这不单指说笑话。也指健康的高龄人，在智慧上不减当年，经验上更丰富。

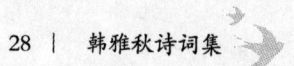

先生之诗
（古风）

1999年9月14日于大连

作诗扎根基，

万事多痴迷。

感发出新意，

语出自我奇。

爱憎荡心气，

褒贬举旌旗。

门槛无边际，

心怀有晨曦。

自 注：

诗取古风体格式，不拘平仄。
韵脚在《诗韵新编》七齐，一韵通押。
题解：先生爱诗，爱读又爱写。经常一起议论，谈些感想，久而久之体会多了，自然写几句。

有感先生学诗
（古风）

2000年3月19日于大连

学诗理论多说难，

最佳伊始青少年。

范文熟读千百遍，

潜移默化学谪仙。

老迈跬步虽有限，

勤能补拙亦可攀。

熟能生巧凭信念，

大路朝天有半边！

自 注：

诗取古风体格式，不拘平仄。
韵脚在《诗韵新编》十四寒，一韵通押。
谪：zhé 折。古人把李白称谪仙人。指神仙受了处罚，降到人间。
跬：kuǐ 跬步，半步，或小步之意。
题解：先生学诗往早点说是在青少年时代。少年时学习家庭长辈及邻里流传的民歌、口头传说。青年学诗重在阅读，写的很少。真正干起来还是在离开岗位之后，通过艰苦奋斗，始有收获，且愈为丰厚，我自然是跟着学起来的。

感王海打假
（古风）

2000年9月24日于大连

买假打假人受气，

不法逍遥众沉迷。

王海而今洗手去，

消费童叟可无欺？

对美撞机强降事件有感（古风）

2001年4月12日

轰炸使馆知敌顽，

撞机强降称霸蛮。

国仇家恨尚未报，

释放敌虏民汗颜。

自 注：

诗取七言古风诗。
韵脚在《诗韵集成》上平声四支通八齐韵部通押。
题解：时人王海"买假打假"，颇引起一番争论，结果以打假者失败告终。余思之不敢苟同，旦有所感，以诗言之。

自 注：

诗取七言古风诗。
韵脚在上平声十五删，一韵到底。
题解：文中所提大事的对策处理上，让人感到有不足的一面……

请保持起码的距离
（古风）

2001年11月11日于大连

古耻巧言利名羁，

今有不惭"零距离"。

未来世界何也似？

睽睽随溺无质疑！

贺我国加入世贸挂牌开馆
（古风）

2002年元月31日

挑战雄关喜国人，

富贵无种贫无根。

新劈人类交流史，

入世迎来客满门！

自 注：

韵脚在《诗韵集成》上平声四支，一韵到底。
古耻巧言：《论语·公冶长》"巧言令色，足恭，左丘明不耻，丘亦不耻。"
题解：中国一位女记者在报道一位外籍足球教练时，竟然公开声称与其零距离接触，不知是何用意？

自 注：

此诗古风。
韵脚在《诗韵集成》上平声十一真转元通押。
题解：参加世贸组织，是我国经济发展、国力增强的标志。
这一仗使我们打破了经济封锁，可大步地迈向世界市场了！

自 知——赠先生
（古风）

2002年5月1日

在位有职，

离岗有诗。

平生快活，

为有自知！

自 注：

诗取四言古风诗。
韵脚在《诗韵集成》上平声四支。
职：在古诗中为入声，十三职。

感古今之歌
（古风）

2002年5月22日

古诗多哲理，

今歌病缠绵。

名曰显身手，

实媚世人前。

露体为热卖，

本有诱惑嫌。

传统修自我，

节操美天然。

穷通皆自守，

富贵亦不淫。

凡事多思国，

无垢乱欲吟！

自 注：

此古风韵在下平声一先通盐换侵，未苛求平仄之格。

感某服装大展
（古风）

2002年9月15日

服装跨国展销忙，

猫步名模意态狂。

三教九流馋眼望，

周妻何肉疑荒唐。

自注：

诗取古风体，除一字未合平仄，其余平仄皆与律诗相符，因此可以称这首诗是一首入律古风。

韵脚在《诗韵集成》下平声七阳，一韵通押。

周妻何肉疑荒唐句：《南齐书·周颙传》："(周颙)清贫寡欲，终日长蔬菜，虽有妻子，独处山舍……文惠太子问颙：'菜食何味最胜？'颙曰：'春初早韭，秋末晚菘。'时何胤亦精信佛法，无妻妾。太子又问颙：'卿精进何如何胤？'颙曰：'三涂八难，共所未免。然各有其累。'太子曰：'所累伊何？'对曰：'周妻何肉'。"明袁宏道《赠虞德园兄弟》："台宗贤教谁能识，何肉周妻到底疑。"古人指修行中有所难舍。此处喻今人中，亦有难抵诱惑者。

观书偶感
（古风）

2004年元月22日

花花世界人心痛，

娱乐书刊惊美梦。

万恶灵魂有共通，

为钱献丑包装性！

自 注：

诗取古风体格式。
韵脚在《中华新韵》十七庚仄声·去声、十八东仄声·去声通押。
题解：现在贩黄、唱黄、演黄、出黄书已经成了一种"无规则游戏"！内外一切腐朽没落乃至敌对势力，看着我国下一代的灵魂时刻被黄风所迷醉，健康的精神细胞不断被黄癌所吞食……

通俗歌
（古风）

2006年3月11日

肢体演说，
假笑呵呵。
非空即色，
酷妹帅哥。

搞笑做乐，
低俗陈疴。
平淡无味，
虚与委蛇。

赛票钱买，
掌声如河。
思想堕落，
表里穷奢！

"自由"痊可，
丑陋无遮。
人心闪烁，
愿听老歌！

自注：

诗取古风体格式，不拘平仄。
韵脚在《诗韵集成》下平声五歌、六麻通押。
题解：改革开放，"四个坚持"社会主义特色，经济建设成绩多多。唯文艺被外部腐朽的"软实力"消磨，惊心动魄……

诗酒
（古风）

2006年5月1日于大连

坐拥望海楼，

余生无忧愁。

愿得一枝秀，

诗酒度春秋。

自注：

诗取古风体格式，只讲韵不计平仄。
韵脚在《词林正韵》第十二部平声十一尤，一韵通押。
题解：坐在近海公寓里，抬眼便可望见大海，心里格外宽畅。如果用大连俗话，很简单："今个吃了，明个还有。"如果用自己的话说，就是白天做点喜欢做的事情，晚上喝口小酒，诗酒度春秋了！

热吻
（古风）

2006年5月17日

山海边有家，

绿地含烟霞。

男女柳荫下，

蝶梦在繁花。

景观联春夏，

热吻人肉麻。

开放民权大，

宠物身上爬！

自注：

诗取古风体格式，未拘平仄。
韵脚在《诗韵集成》下平声六麻，一韵通押。
题解：旅游点上，人流如潮。路边长凳上，两个人热恋情浓，倒也正常，一对恋人缠得如漆似胶。更可骇者众人见一对男女在热吻，女方怀中一个宠物狗，在抓挠……它倒成了第三者了！

无题
（古风）

2006年8月6日

豪华富贵比邻居，

说梦痴人自我迷。

日剧当年成过去，

国人笑面对夷狄。

自注：

诗取古风仄格式，不拘平仄。
韵脚在《诗韵新编》七齐，押一韵通。
"狄"字系入声归平，理应通用，这首诗应为七绝。但对此诗严格说来，须按古风对待。
题解：上个世纪八九十年代，我国很长时间热播日剧、韩剧。我们一个泱泱大国，天天看的是弹丸小国的戏剧，很不是滋味，现在想来反觉可笑……

傲恶搞
（古风）

2007年2月11日

打打杀杀妖魔来，

动漫精英喜发财。

好奇童心跟学坏，

自由西佬笑开怀！

青蛙效应无人怪，

颓废一单社会埋！

欣喜民族传统在，

苍蝇蚊子赶出台！

自注：

诗取古风体格式，只押韵，不拘平仄。

韵脚在《诗韵新编》九开，一韵通押。

青蛙效应：据称把青蛙扔进开水锅里，它会跳出去。如果放在凉水锅里，长时间慢慢升温，直到它失去跳动能力，最后死去……

题解：此诗对恶搞动漫流毒有感。也许会不同的看法，认为这是过敏或夸张，那就让事实慢慢说话吧！

抽风
（古风）

2007 年 8 月 17 日

众目睽睽看两人，

宠物做爱无人伦。

痉挛男女交口口，

疑惑小绺非良民！

自 注：

诗取古风体。
韵脚在《诗韵集成》上平声十一真，一韵通押。
痉挛：jìng luán 精神紧张，肌肉收缩，抽风状态。
题解：青年男女，在光天化日之下，众目睽睽之中，旁若无人……社会风气是很重要的，美的就是美的，丑的就是丑的！传统的美总比乱七八糟的好！

人情
（古风）

2007年9月1日

岁月忌蹉跎，

亲情怕牙婆。

人事须看破，

好人防缠磨！

自注：

诗取古风体格式，只讲韵，不计平仄。
韵脚在《诗韵集成》下平声五歌，一韵通押。
题解：人情事故自古以来都有纠缠折磨，往往都离不开牙婆的教唆、挑拨。特提醒人注意。

智囊颂
（古风）

2007年10月23日

板仓栽树任栋梁，

毛公立国思想强。

邓江之后人兴旺，

胡总班底多智囊！

自注：

诗取古风体格式，不拘平仄。
韵脚在《诗韵集成》下平声七阳，一韵通押。
板仓：是毛泽东主席的岳父暨老师，名相昌济。众人尊称板仓先生。当年他在课堂上曾板书"欲栽大树，以任栋梁"之句。
题解：从古至今任何时代上层都离不开智囊，指的是如今"特色"路线理论政策恰到好处……

嫦娥
（古风）

2007年11月5日

嫦娥奔月扫阴霾，

欣喜而今入月怀。

吴刚奉酒余温在，

娘已翘首盼归来！

自注：

诗取古风体格式，不拘平仄。
韵脚在《诗韵新编》九开，一韵通押。
题解：中国航天局于2007年11月5日宣布嫦娥一号卫星发射成功飞抵月球，进入12小时月球轨道，开始绕月正常飞行，成为中国第一颗"月球卫星"。

笔耕
（古风）

2008年2月22日

富人称天命，

事业自竞争。

人道德为重，

心灵藏性情。

物由本质定，

爱好久必兴。

文苑众为镜，

拙笔不惴耕！

闲篇无问鼎，

倒履望相迎！

自 注：

诗取古风体格式，不拘平仄。
韵脚在《诗韵新编》十七庚，一韵到底。
题解：通观世道人情，富人喜称天命，贫者全凭力争。一般人相信，只要付出，就会有回报。只要爱好，久而必成！虽无问鼎，也会赢得尊重。

蛊惑
（古风）

2008年7月8日

嫁人就嫁范跑跑，

蛊惑人心毒不小。

利欲熏心人似妖，

贱人合鬼应恰好！

自 注：

诗取古风体格式，不拘平仄，但求内容语言真实、准确。
韵脚在《诗韵新编》十三豪上声，即同部仄韵通押。
题解：背景材料是2008年7月7日《新商报》报道，在汶川大地震中一个不顾学生生命安危的教师，自己逃命的范某某的行为，引起群众公愤。对这样的人，居然有位北京的女士公开声言要嫁他……

咏菊
（古风）

2008年9月16日

青枝绿叶正风华，

芬芳烂漫赏奇葩。

登堂怒放争入画，

齐梁抱柱尽黄花！

自 注：

诗取古风体格式，不拘平仄。
韵脚在《诗韵集成》下平声六麻，一韵通押。
第二句又有："秋风深院启奇葩。"
题解：此诗写给小女孙菊。作为一个现代青年，不受那些歪风邪气影响，对长辈努力尽孝，对哥哥姐姐宽怀帮助，令做父母的深为感动，故写诗勉励之。

感台湾
（古风）

2008年10月2日

日占四十年，

海外心胆寒。

百年人心乱，

弱国无尊严。

强大今实现，

外侮无倒悬。

三通诚可鉴，

互信大团圆。

爱国遂心愿，

远瞩喜开颜！

自 注：

诗取古风体格式，不拘平仄。

韵脚在《诗韵新编》十四寒，一韵通押。

题解："二战"后台湾归还中国，但美国至今尚变相霸占着，帝国主义者如何强大，最终都要败在人民手下。

浪漫的人生
（古风）

2009年元月22日

年轻时闯边疆，游四方；年老时归故乡，写文章。

论人生，少模样；四不像，有点像！

自 注：

诗取古风体，与近体古风不同之处在于不拘平仄，亦不拘韵律，尚可转韵。

韵脚在《诗韵新编》阴平十六唐转仄韵去声相谐。

题解：很少写这种体式与风格的诗，对个人算作例外。这首诗直白一点说，算是与先生的调侃游戏笔墨。

大禹
（古风）

2009年7月22日

顺水治水知水文，

爱民驭民得民心。

因公废私今必信，

身过家门入众门！

自注：

诗取古风体格式，不拘平仄。
韵脚在《诗韵新编》十五痕，一韵通押。
题解：大禹治水"三过家门而不入"是公而忘私，联系党政治国，应从治水中获得经验，突出爱民驭民方能得到真正的拥护……

杂感
（古风）

2009 年 8 月 3 日

谋国之材不乏人，

怀公忘么只为民。

心心念念是国恨，

时时事事小民魂。

牟私不足担大任，

为公难得在儒林。

草莽向来藏才俊，

将帅天生也非神！

自注：

诗取古风体格式，不拘平仄。

韵脚在《诗韵新编》十五痕，一韵通押。

题解：所谓杂感，自然是思无定势的一些复杂的，甚至是杂乱无章的，混杂的思想的一种表现。如果说定要概括归纳起来说，这几句诗实际上就算是政经杂感吧！

来日长
（古风）

2009年9月14日

废寝忘食搜枯肠，

半百忙碌不寻常。

年高心气用适当，

大作时光来日长！

自注：

诗取古风体格式，不拘平仄。

韵脚在《诗韵集成》下平声七阳，一韵通押。

题解：先生退休后，从文辛苦异常，其边学边干，干中学、学中干的钻研精神可佳。其成功也应受到祝贺，故写小诗一首记之。

给力
（古风）

2009年10月28日

明媚的厅堂，

火热之心肠。

激情方荡漾，

思想已飞扬。

步履仍向上，

动作无彷徨。

眼光多明亮，

运筹凭书房。

思考在床上，

决胜于炎凉！

自 注：

诗取古风体格式，不拘平仄。

韵脚在《诗韵集成》下平声七阳，一韵通押。

题解：此诗是在先生长篇小说《染色灵魂》写作过程中，自己一时高兴写出来的。既是怜惜，也长时期骄傲吧！

十年成
（古风）

2011年4月28日

春风撩百草，

雁过听清鸣。

无事心头静，

高斋涌真情。

荣辱随运命，

不欲急逞能。

自为骨头硬，

人激志须宏。

诗文出大幸，

十年自诩成！

自 注：

诗取古风体格式，不拘平仄。
韵脚在《诗韵集成》下平声八庚通蒸通押。
题解：戏剧演员讲究"台上一分钟，台下十年功"。可见凡事要想做得好，必须下深功夫。我与先生一起学文也有十多年了。现写的一些诗，都是零零碎碎积累起来的只言片语，汇集加工后形成的，尚在努力。

暴富者

（古风）

2010年9月25日

物价涨飞跑，

退休金更少。

贫富剪刀差，

日久怎得了！

少数人撑腰，

多数看烦恼。

城乡搞平均，

难说就是好！

自 注：

诗取古风体格式，不拘平仄。

韵脚在《诗韵新编》十三豪仄韵，一韵通押。

题解：中国特色的社会主义，也还是社会主义。可在现实中，社会矛盾客观存在，而且越来越尖锐，已经到了不可忽视的地步！

滨城记事
（古风）

2010 年 11 月 15 日

四方往来旅游城，

内外宾客喜气盈。

商贾大腕乐园里，

科技才俊塑人生。

小鸭受宏翅膀硬，

老鸥复出比苍鹰。

藏龙卧虎因环境，

莺歌燕舞迷群英！

自注：

诗取古风体格式，只讲韵，不计平仄。
韵脚在《诗韵新编》十七庚，一韵通押。
小鸭：是小女小丫（小名）的谐音。
老鸥：是先生的比喻。
题解：此诗写城市的风景社情，以及自家老小的状况。

跛脚鸭

(古风)

2011年元月25日

矜持总自夸，
家族式国家。
"人权"幌天下，
借钱自家花。
如此曝富有，
抢钱找爹妈！
送尔一句话，
美丽跛脚鸭！

中华有佳话，
多党结篱笆。
公有控股大，
私财发有涯。
"北京模式"好，
休想制裁她。
中方无人怕，
补天有女娲！

自注：

诗取古风体格式。不拘平仄，但有韵押。

韵脚在《诗韵新编》一麻，一韵通押。

题解：《参考消息》2011年1月23日第三版转俄罗斯《观点报》文章说：对于"对于奥巴马来说，最棘手的问题是他没有花大力量，改变美国这个家族国家的形象。有人以为奥巴马会带来思想和经济以及人事方面的变化，让人不再感觉美国是少数家族的国家"。上述文字既朴实又实实在在地击中了美国这个自诩的、所谓的民主国家的要害。美国政客们所宣称的自由、民主与人权，美在哪里呢？美就美在美国的政权真正掌握在一代一代的暴富的，富可敌国的大资本家手里。名义的两党制竞选，实质上是跛脚鸭式的资本主义政体。

斥不肖之子
——刘晓波
（古风）

2011 年 3 月 30 日

观蝼蚁疯狂兮，搬泰山，笑虫鱼欲吸兮黄河干。

耻晓波独夫兮嚷立宪，斥巴狗媚主兮妄吠天！

自注：

诗取古风体格式。

韵脚在《诗韵新编》十四寒，一韵通押。

题解：刘晓波罪不容诛，他犯的是反国家、反民族、反祖宗、反人类、反伦理、反和平……十恶不赦的重罪！如今被关入监牢，大快人心！叫尔等不肖之辈体会一下什么叫人权。打击犯罪，保卫人民民主政权，这就是真正的人权！崇洋媚外的糊涂人，可以因此而有所反思一点了吧！让叛逆之子们哭泣吧！根据《参考消息》报道，国外反动势力在我国境内煽动掀起的颠覆活动有感。

路漫漫
（古风）

2011年4月22日

人生长路何所求，

瞻前顾后总堪忧。

旦夕思想破茧后，

海阔天空插翅游。

人事沧桑皆可就，

上天入地也无愁。

唯追时髦少作秀，

脚登舢板在潮头。

诗兴大发风雨骤，

千篇绝唱人口流！

自注：

诗取古风体格式，不拘平仄。

韵脚在《诗韵集成》下平声十一尤，一韵通押。

题解：路漫漫其修远兮，吾将上下以求索。古人的人生之路往往比现代人难得多，然现代人也有现代人的难处。但不管如何，现代人只要有一个健康的身体，健全的头脑思路，社会给予人的出路是很多的，关键看个人愿不愿意去做……如果大事做不来，小事不愿做，那就难说了！

悬壶
——贺孙元凯先生加入中国作协

（古风）

2011年6月18日

悬壶济世播善心，

国有良医艺博云。

欲望灵魂君须信，

百草一剂可回春！

自注：

诗取古风体格式，不拘平仄。

韵脚在《诗韵集成》下平声二十侵通真转文通押。

悬壶：旧时候中医游方行医，称为悬壶。悬壶济世是治病救人的意思。

建党
（古风）

2011年7月1日

逼上梁山九十年，

铁流万里到延安。

八年抗日赴国难，

三大战役打江山。

抗美援朝决死战，

保家卫国在摇篮。

拨乱反正争路线，

和平崛起步履艰。

颜色确保无改变，

科技搏弈无收官。

国力强大绝侵犯，

人类和谐或超然！

自 注：

诗取古风体格式，不拘平仄。
韵脚在《中华新韵》十四寒，一韵通押。
题解：中国共产党建党九十周年，革命前辈流血牺牲，建立起来的红色江山，不容改变，不容侵犯！

尽欢颜
（古风）

2011年10月1日

风雨无常近百年，

而今洪涝也等闲。

何得民心无含怨，

国家个人在一船。

外部小绺心念念，

恨尔朝夕把船翻！

可笑无知昼梦魇，

中华民族早团圆。

智慧通天世人见，

世界朋友尽欢颜！

自注：

诗取古风体格式，不拘平仄。
韵脚在《诗韵新编》十四寒，一韵通押。
题解：由于中国封建社会主义末期的衰落，使中国在近代史上成为现代资本主义即帝国主义的侵略和奴役对象……自从近现代中国人民觉醒以来，在共产党领导下迅速走向富强……中国人终于可以自豪地说：中国人民终于又强大起来了！面对中国永远不要再做白日梦了！

万物之灵

（古风）

2011年10月8日

一

驼铃咚咚，

步履雍容。

何以自重，

赖有双峰！

二

小小蜜蜂，

劳苦终生。

为它立命，

利无毫升！

三

可叹人类，

利益之争。

空锡天命，

万物之灵！

自 注：

诗取古体风格式，不拘平仄，不苛求韵律，以内容为重，具民歌特点。

国魂

——中共十七届六中全会"关于深化文化体制改革、推动社会主义文化大发展大繁荣若干重大问题的决定"有感

（古风）

2011年10月22日

二为、双百兮镇国魂，

价值观念兮左良民。

文化强国兮肩大任，

尔我同民兮护国神！

审美心里兮求公信，

毒化侵略兮是敌人！

黄歌风臊兮无亲近，

文化繁荣兮须认真。

国防军队兮打敌阵，

文化队伍兮结民心！

自注：

诗取古风体格式，不拘平仄。
韵脚在《诗韵新编》十五痕，一韵通押。
题解：中国特色的社会主义，经济建设，科学发展，物质文明都取得举世公认的成绩，而且对未来赶超世界先进都充满信心。过去说贫穷不是社会主义，现在也可以说，社会主义必须包括物质和精神两个方面，现在提出来发展社会主义精神、文化文明建设，正是时候了！

七律

画狐
（七律）

1970年9月8日于乌鲁木齐

尖嘴猴腮细眼睛，

四肢柴棍瘦伶仃。

天生乏力博骄颈，

行走山中避饱鹰。

高岭峻峰无足境，

偷鸡眠塚害生灵！

唯独毛色迷人性，

狐假皮情狡诈行！

自注：

诗取七律第二种平仄格式。

韵脚在《诗韵集成》下平声八庚通青、蒸通押。

真意
（七律）

1984年11月8日于乌鲁木齐

方舟逆水战中流，

孤胆豪情万里游。

不意夜来风雨骤，

艨艟趁势破潮头。

人间梦里搏身秀，

四两千斤巧应酬。

无念功名拂利诱，

常寻真意度春秋！

自 注：

诗取七律第一种平仄格式。
韵脚在《佩文诗韵》下平声十一尤，一韵通押。
中流：中流砥柱。喻坚强能起支撑作用。在黄河激流中有砥柱山，在三门峡，毛泽东有"中流击水，浪遏飞舟"之句。
真意：陶渊明有"此中有真意，欲辨已忘言"之名句。学者一般皆谓之"抱朴含真"之意，"忘言"一句是一种艺术手法。《饮酒》诗中已生动描绘出他隐居田园的乐趣，已经指出了他感受到的"真意"，再说真意，便成了桃花源里的梦想了。
题解：古人限于时代背景不同，即便是再好的理想，都难于实现，最终都只能是梦想。作为现代人的我们，生活在美好的现实生活中，只要从现实出发，很多理想都可梦想成真！如果说也有"忘言"，那便是过去的成绩，忘掉过去！再创佳绩！

廉洁梦
（七律）

1992年7月11日

风浪无边大海争，

含沙鬼蜮作妖声。

中南海内廉洁梦，

亿万人心感受同。

反腐斗争人请命，

不明想到问正义。

保家卫国由群众，

海啸山呼玉宇清！

自 注：

诗取七律第二种平仄格式。

韵脚在《中华新韵》十七庚、十八东通押。

题解："廉洁奉公"，问题是不在于说，而在于如何做！相信在反腐倡廉问题上，人民大众永远是拥护的！

大连
（七律）

1998年7月26日于大连

棒棰岛域日光华，

绿地幽园拢彩霞。

明镜高楼离陆怪，

人拥海浴篡如麻。

立交桥上瞧奔马，

峭壁波涛散浪花。

银燕苍鹰争玉汉，

泊船来去属谁家？

自 注：

诗取七律第一种平仄格式。

韵脚在《诗韵集成》下平声六麻韵部，一韵到底。

叹回头
（七律）

2004年9月23日于大连

人逢厄运几多愁，

生死之间命欲休。

医者小王生性拗，

致人大病入弥留。

有缘得遇张忠鲁，

倒计时间解我忧。

无骇人心多丑陋，

且听曲老叹回头！

自 注：

诗取七律第一种平仄格式。

韵脚有《诗韵集成》下平声十一尤，一韵到底。

题解：先生取胆石入院，手术顺利。恢复治疗中先生两次对小王大夫说："不要打'斯坦定'，这药打上有不良反应。"（为此小王不听还要打"斯坦定"，先生与小王还吵了起来，这天先生不打这个针，小王说药已配了，先生说，药费记在我账上，这针我不打。）可是第二天小王又给打上了"斯坦定"，药打上没两分钟先生就开始抽搐……进入倒计时危机。本来1800元就治好的结石病，最后花了54000多元。张忠鲁教授在抢救过程中勇担重任，与家属充分协调，采取果断措施，先生终得一救，这种无私的救命之恩全家永远不忘。

曲老：曲永业教授为大连医学院胸外科主任，参与对先生急救、抢救，有救命之恩者……他守在监护设备前看到患者生命迹象转好得救后叹道："回头喽！回头喽！"这一句业务上的术语，使人永远铭刻在心里，永世不忘。

先生在出院前为感谢在抢救过程中科主任相晓明暨全体医护，废寝忘食，尽到最大努力，把他从死亡线上抢救回来，写了一首诗让儿子去特制锦旗一面，诗曰：

半脚踏入望乡台，

人到此时感悲哀。

亏得天使铁臂在，

丰都城里夺回来！

忆当年
（七律）

2009年11月7日

东汉当年史记传，

三十六勇有尊严。

现今功过孰评判，

七·五庸贪问祸首！

尔辈亦曾多奉献，

归来寨上忆风寒。

人间美意须称赞，

翁媚阖家有善缘！

自注：

诗取七律第二种平仄格式。

韵脚在《中华新韵》十四寒，一韵通押。

题解：小女儿、女婿排忧解难，大女儿一家归来，阖家欢喜，因有此诗。

刚强
（七律）

2010年7月6日

十年辛苦梦黄粱，

苏醒方知未白忙。

断代诗文人气旺，

知音来往笑厅堂。

人生一代多模样，

著作频频喜气扬。

身不求荣于世上，

心灵智慧有刚强！

自 注：

诗取七律第一种平仄格式。
韵脚在《诗韵集成》下平声七阳，一韵到底。
题解：写在先生长篇小说《染色灵魂》出版之际，思来想去感慨良多，一言难尽……因写小诗一首以抒点滴心气。

妇随夫唱
（七律）

2011年6月28日

国家前辈敢牺牲，　　居心最好无奸佞，
后代平安自可能。　　一技之长伴老成。
世纪苍生今有幸，　　亿万人民迎大庆，
阳光丽日照前程。　　妇随夫唱永康宁！

自 注：

诗取七律第一种平仄格式。
韵脚在《诗韵集成》下平声八庚通青、蒸通押。
奸佞 níng：谄媚、巧辩，佞口，佞人。
题解：此诗为建党90周年而作。先生写诗较多，我也随波逐流写上几首，滥竽充数罢了。

赠台统组织

（七律）

2011年9月16日

台独垂死闹疯狂，
枉自纷争作夜郎。
外敌阴谋求稳样，
长期分裂梦黄粱。
郑公史载功名旺，
九九归一大统忙。
武备文攻拥大框，
渠成水到看风樯！

自 注：

诗取七律第一种平仄格式。
韵脚在《诗韵集成》下平声七阳，一韵通押。
台独问题是外敌干预的结果。手段是打着人权、自由、民主的幌子，用拖延的手法，力求达到使台湾问题国际化，最终达到把台湾从祖国领土分裂出去的目的。这只不过是内外一切敌对势力的梦想，历史将见证一切，不管是何种方式方法，台湾与祖国统一的问题是一定会解决的。

五律

目录

思亲

（五律）

1997年6月25日于沈阳

少年初入世，

母爱送离门。

长久思家感，

归来总是亲。

当知无历险，

别后未安心。

自小非愚钝，

家居远处人！

自 注：

诗取五言律诗第二种平仄格式。
韵脚在《中华新韵》十五痕，一韵通押。
题解：因为生活和工作，青年时便离开父母。自己的年龄愈大，对老人就愈加思念与关心。特别是在老人离开后，无论何时回想起来，都会后悔，只是悔之晚矣！

勉先生
（五律）

1983年7月29日于乌鲁木齐

何事令沉迷，
无端枉恻悽。
一蹶尝未振，
三挫识玄机。

不饮浇愁酒，
当思物我齐。
片时无胜败，
何必自相欺！

自注：

诗取五律第三种平仄格式。
韵脚在《诗韵集成》上平声四支通微、齐通押。
题解：此诗劝先生振作起来。

不悠闲
（五律）

2010年8月16日于大连

耳顺上文坛，

胸怀国事联。

诗文尤眷恋，

一气干十年。

有感多惊叹，

三伏五内寒。

平居千百万，

唯我不悠闲！

自 注：

诗取五律第三种平仄格式。
韵脚在《中华新韵》十四寒，一韵通押。
题解：在工作岗位上，再苦再累也有乐趣，而离开工作岗位，有吃有喝没事干，人就会寂寞。经商量拿起笔来写点诗什么的……不料这一气就干了十年之久，颇有一点成绩，连出三卷书，苦则苦矣，乐也乐哉。有啥话可说呢！反正是已经"上了贼船了"！

七绝

人生

（开卷·七绝）

2011年9月22日

登高望远欲超群，

气贯长虹在一心。

妇道人生求自信，

此生脱却俗人身！

自注：

诗取七绝第一种平仄格式。
韵脚在《诗韵集成》下平声十二侵通真转文通押。
题解：这首诗作为开卷诗，它应该产生的更早些才是。但恰恰相反，直到今天这卷诗稿基本上快要打造完毕时，在转瞬之间就改定了，这也许就是所谓"水到渠成"吧！妇女人生其实同男人并无两样，只要自爱、自信、坚持追求，就一定有成功的机会！

游西安
（七绝）

1964年3月26日于进疆路上

天方故事由人说，

忆去思来典故多。

华夏文明秦汉史，

千秋万代共高歌！

天山恋
（七绝）

1964年4月1日于乌鲁木齐

天山日照暖边关，

南北荒原变绿园。

大漠驼铃声久远，

春风古道展新颜！

自注：

诗取七绝第三种平仄格式，首句不入韵。
韵脚在《诗韵集成》下平声五歌，一韵通押。
题解：此诗产生于60年代初期进疆路上，由于身体不适，滞留西安两天，也顺便参观了西安的景致。从历史上，秦是陕西省的别称。秦统一六国，开始了中华大一统时代……

自注：

诗取七绝第一种平仄格式。
韵脚在《中华新韵》十四寒，一韵通。
题解：随先生一起志愿赴西北地区工作，亲眼见证了西域边疆地区的大发展。

赠先生
（七绝）

1964年12月22日于乌鲁木齐

浮生闲好咏拳拳，

顺意诒来智转圆。

君问激情何尔尔，

温馨国里有机缘！

自 注：

诗取七绝第一种平仄格式。
韵脚在《诗韵集成》下平声一先，一韵通押。

觅忘言
（七绝）

1965年4月26日于乌鲁木齐

故纸辉煌百代湮，

东施愚雅效颦难。

吟诗有志播弘愿，

心远南山觅忘言。

自 注：

诗取七绝第二种平仄格式。
韵脚在《诗韵集成》上平声十一真通元、寒通押。
湮：yān，埋没。
题解：这首诗是读陶渊明《饮酒》诗有感。《饮酒》中有"采菊东篱下，悠然见南山……此中有真意，欲辨已忘言"的句子，我们对古人意思难知其详，但自己的意思自己是知道的。

醉言无忌
（七绝）
1965年7月17日于乌鲁木齐

香飘阵阵入庭闱，

星月光洁照壁辉。

大地风情熏滥醉，

山花忌惮自芳菲！

自 注：

诗取七绝第一种平仄格式。
韵脚在《诗韵集成》五微，一韵通押。
题解：此诗系酒后的一种感觉，这种感觉来自社会，并非自家。诗是写给人看的，当然也包括自己在内。环境越清静越美，空气越清新越好，好人自然都要防污染。

路边花
（七绝）
1965年8月13日于乌鲁木齐

浮云远去映红霞，

郊外游玩看酒家。

坐定小酌闲篇话，

同桌指点路边花。

自 注：

诗取七绝第一种平仄格式。
韵脚在《诗韵集成》下平声六麻，一韵到底。

生存与希望
（七绝）

1965年10月7日于乌鲁木齐

生存要路自攀登，

希望存心力倍增。

展现潜能如入梦，

精神抖擞笑轻盈。

青春
（七绝）

1965年12月28日于乌鲁木齐

青春孕育生希望，

一扫悲观暮气藏。

振作情怀勤奋上，

沉舟不碍远帆扬！

自注：

诗取七绝第一种平仄格式。
韵脚在《诗韵集成》下平声八庚、十蒸通押。

自注：

诗取七绝第三种平仄格式。
韵脚在《诗韵集成》下平声七阳，一韵到底。

春日思
（七绝）

1966年4月于乌鲁木齐

春游春日叹青春，

万物争辉在寸阴。

虽说予生如大梦，

去无悔愧是归心！

自 注：

诗取七绝第一种平仄格式。
韵脚在《诗韵集成》下平声十二侵通真通押。
题解：人最宝贵的莫过于青春乃至生命，最好不要浪费时间。

青山
（七绝）

1966年4月27日于乌鲁木齐

青山不老水长流，

挚爱人生有奔头。

万事千般谁看透，

心凝善处或无忧！

自 注：

诗取七绝第一种平仄格式。
韵脚在《诗韵集成》下平声十一尤，一韵到底。
善处：不唯善恶之说，意在把心思用在应该用的地方。

志应酬

（七绝）

1966年10月5日于乌鲁木齐

今生今世志应酬，

来世希图未可求。

学好为能成善果，

为人不怕触霉头！

自注：

诗取七绝第一种平仄格式。
韵脚在《诗韵集成》下平声十一尤，一韵到底。

两心共患

（七绝）

1967年2月16日于乌鲁木齐

两心共患感恩深，

如日连年照热忱。

快乐人生同美酒，

俎樽一醉解时心！

自注：

诗取七绝第一种平仄格式。
韵脚在《诗韵集成》下平声十二侵，一韵到底。
俎樽：zǔ zūn 即樽俎。樽，是酒具；俎是案板，俎豆，豆是一种碗。这里泛指宴席一场，用作比喻。

致青年朋友
（七绝）

1967年7月8日于北京

为人涉世启童蒙，

漫旅人生欲梦中。

锦路危途心共渡，

觉来日月胜金红。

自 注：

诗取七绝第一种平仄格式。
韵脚在《诗韵集成》下平声一东，一韵到底。

咏莲
（七绝）

1967年8月7日于辽宁新民

多子多心解语莲，

山乡僻水照飘然。

一身瑰宝都呈献，

博得人间结厚缘。

自 注：

诗取七绝第二种平仄格式。
韵脚在《诗韵集成》下平声一先，一韵到底。

感师道
（七绝）

1967年9月10日于沈阳

为师一日敬终身，

才厚德高可育人。

自古尊师尤重道，

儒风教化礼先民。

自 注：

诗取七绝第一种平仄格式。
韵脚在《诗韵集成》上平声十一真，一韵到底。
教化：《书·毕命》："树之风声"孔传："立其善风，扬其善声。"

戒厌学
（七绝）

1967年9月20日于沈阳

青春自在漫贪杯，

不学无聊志气灰。

人惯我昏随溜去，

老来乏术奈何为！

自 注：

诗取七绝第一种平仄格式。
韵脚在《诗韵集成》上平声十灰通支通押。

拟古诗文
（七绝）

1968年5月16日于乌鲁木齐

今事今人拟韵文，

壮怀欲咏未超群。

遍观时尚多浮躁，

格律还须学古人。

公民
（七绝）

1969年5月4日于乌鲁木齐

满洲国里说良民，

美蒋人权学作人。

自主方舟尤自信，

权钱势力却迷魂！

自注：

诗取七绝第二种平仄格式。
韵脚在《诗韵集成》上平声十一真通文通押。

自注：

诗取七绝第一种平仄格式。
韵脚在《诗韵集成》上平声十一真转元通押。
题解：在旧社会日伪、美蒋时代讲人权都是骗人的。新社会讲人权，无论如何也是实在的。

虎威
（七绝）

1969年12月7日于乌鲁木齐

威风八面此山中，

百兽臣伏避怯恭。

野火烧山无路径，

平原落魄狗欺生！

自 注：

诗取七绝第一种平仄格式。
韵脚在《中华新韵》十七庚、十八东通押。
题解：俗话说："虎落平原受犬欺"，不管大、小人物一生中总会遇到无可奈何的时候，难为情也是必然的，咬咬牙，挺起胸膛过去就是了！

破茧
（七绝）

1970年10月1日于乌鲁木齐

绿叶为食或忘生，

抽丝自缚系天能。

蛹生破茧难为痛，

羽化迎来振翅腾！

今春
（七绝）

1971年4月16日于乌鲁木齐

一缕春风绿野山，

锦霞丽日欲凝烟。

春寒退去炎趋近，

盛夏将来避暑难！

自 注：

诗取七绝第二种平仄格式。
韵脚在《诗韵集成》下平声八庚通蒸通押。
题解：观蚕的一生，一些简短的繁殖过程，除吃些桑叶外别无所求。而它给人的奉献是数不胜数，取之不尽，用之不绝，想这一切值得人们深思。

自 注：

诗取七绝第二种平仄格式。
韵脚在《诗韵集成》下平声一先转寒、删通押。

节俭恬恬
（七绝）

1971年10月2日于乌鲁木齐

人生至上有天年，

节俭恬恬在养廉。

富贵荣华人艳羡，

清臞不欲钓贪泉。

心碑
（七绝）

1972年5月1日于乌鲁木齐

自知尽刻我心碑，

过去恩仇报也悲。

有志今生怀智慧，

豪情抚剑自扬眉。

自 注：

诗取七绝第一种平仄格式。
韵脚在《诗韵集成》下平声一先通盐通押。

自 注：

诗取七绝第一种平仄格式。
韵脚在《诗韵集成》上平声四支，一韵到底。
题解：恩仇或有不少，但随着时光将淡淡地流逝。有志气者应注意到今生明日，努力追求未来，或有扬眉吐气的机会。

梦菊
（七绝）

1972年9月19日于乌鲁木齐

飒爽秋风惬意来，

金花璀璨映心怀。

纯洁贵气夺人爱，

大雅堂前准上台！

诗情
（七绝）

1973年10月28日于乌鲁木齐

诗情如鸟闯胸襟，

快意惊人喜上心。

兴致勃然捉弄住，

开心一笑也传神。

自注：

诗取七绝第二种平仄格式。
韵脚在《中华新韵》九开，一韵通押。
题解：这是在生女儿前几天做的梦，醒来这棵顶木梁大菊在心中久久不忘，所以给小女起名叫孙菊。

自注：

诗取七绝第一种平仄格式。
韵脚在《诗韵集成》下平声十二侵通真通押。
题解：这里说的是作诗时的一点粗浅感受，或许有些夸张。

风流日月
（七绝）

1974年10月28日于乌鲁木齐

惊天动地事难为，

五柳东篱也自亏。

逝水年华无恨愧，

风流日月共相辉！

高阁春风
（七绝）

1975年4月26日于乌鲁木齐

五岳三山亘古灵，

河图龙马自文明。

辉煌历史昭人类，

高阁春风仰建瓴！

自注：

诗取七绝第一种平仄格式。
韵脚在《诗韵集成》上平声四支、五微通押。
题解：想做惊天动地的事情，是不那么容易的。陶渊明先生辞官回到自己的家园，过起了"采菊东篱下，悠然见南山"的日子，他的逝水年华，虽然无恨无愧，但终日以酒糊涂，与日月相伴，风流老去罢了。

自注：

诗取七绝第二种平仄格式。
韵脚在《诗韵集成》下平声八庚、九青通押。
建瓴：jiàn líng。高屋建瓴，即把水从高屋脊上倒下来，喻居高临下不可阻遏之势。
仰建瓴：仰慕佩服的意思。

谈贵贱
（七绝）
1977年10月6日于乌鲁木齐

天堂富贵作神仙，

地狱贫寒鬼火煎。

人世疯狂谈贵贱，

和衷共济也艰难！

自 注：

诗取七绝第一种平仄格式。

韵脚在《诗韵集成》下平声一先转寒通押。

题解：人世上真正让人疯狂的还是贵贱高低之别。要想和衷共济，首先从经济上入手，否则便是空话！

读《红楼》有感
（七绝）
1978年1月28日于乌鲁木齐

空前绝后著芳名，

后继乏人泪欲倾。

千古文童求立命，

须从创造点心兵。

自 注：

诗取七绝第一种平仄格式。

韵脚在《诗韵集成》下平声八庚，一韵通押。

题解：《红楼梦》在叙事、寓意、抒情、笔法上成熟到无可挑剔的地步。在作者看来，此作品和作者在中国文学史上都占有了重要的地位。成为后来从文者永久的榜样！

人生的路径
（七绝）

1978年6月1日于乌鲁木齐

农妇摇篮育幼婴，

牧姑马背孕雏鹰。

英雄成长须环境，

何必深庭广院中！

自注：

诗取七绝第二种平仄格式。
韵脚在《诗韵集成》十七庚、十八东通押。
题解：要想子女长大成人并获得成就，从小就要刻苦地锻炼他们，决不可溺爱娇惯。

江月吟
（七绝）

1978年9月29日于乌鲁木齐

诗酒激情是一家，

伴诗伴酒笔生花。

半醺半醉吟江月，

感似谪仙近水涯！

自注：

诗取七绝第二种平仄格式。
韵脚在《诗韵集成》下平声六麻，一韵到底。
谪仙：zhé xian，称誉才学成异者。《新唐书·李白传》："往见贺知章，知章见其文，叹曰：'子，谪仙人也'。"后因专指李白，世传李白捉月堕江，无考。

茅庐颜玉
（七绝）

1979年9月22日于乌鲁木齐

石中蕴玉蚌藏珠，

珍宝尝逢善价沽。

眼底凡夫难识物，

茅庐颜玉待金屋！

不患
（七绝）

1981年3月6日于乌鲁木齐

不患人间不识君，

杏花村酒巷深深。

同仁衣锦浮生贵，

尔语惊人句句新！

自注：

诗取七绝第一种平仄格式。
韵脚在《中华新韵》十姑，一韵到底。

自注：

诗取七绝第二种平仄格式。
韵脚在《诗韵集成》下平声十二侵通真通押。
题解：诗赠先生。

难处须知
（七绝）

1984年3月于乌鲁木齐

大脚偏逢卖小鞋，

半生歧路怨咨嗟。

山高水复从头越，

难处须知两意谐！

自注：

诗取七绝第二种平仄格式。
韵脚在《中华新韵》四皆，一韵通押。
题解：在人生路上，任何人都难免遇到意想不到的困难。是垂头丧气止步不前，还是迎难而上全力拼搏？只要拿出勇气敢于面对，勇于斗争，就会获得胜利的机会。

抒情
（七绝）

1984年5月22日于乌鲁木齐

抒情漫步自销魂，

妙趣心生动六根。

人事江山凭爱恨，

朝霞一片染乾坤！

自注：

诗取七绝第一种平仄格式。
韵脚在《诗韵集成》上平声十三元，一韵到底。
六根：指目、耳、鼻、口、心、知。《庄子·外物》："目彻为明，耳彻为聪，鼻彻为颤，口彻为甘，心彻为知，知彻为德。"亦名"六情"。

读阮籍"咏怀"有感
（七绝）

1986年元月11日于乌鲁木齐

生生死死是天条，

侥幸为人已自豪。

无意贪心求不老，

无极苦乐不心焦！

自注：

诗取七绝第一种平仄格式。
韵脚在《诗韵集成》下平声二萧、四豪通押。
题解：阮籍诗中有名句云："万事无穷极，知谋苦不饶，但恐须臾间，魂气随风飘。终身履薄冰，谁知我心焦。"与先生谈论时，感受到阮籍诗虽好，但过于悲愁忧苦。诗中流露出看破红尘，而又感恋红尘的矛盾心理。须知这种人生观与价值观对不太成熟的青年人而言，是有消极影响的，故写此诗力辨之。

有爱
（七绝）

1986年9月28日于乌鲁木齐

有诗有酒得人疼，

无畏无私渡此生。

一代一人一奉献，

爱家爱国爱前程。

自注：

诗取七绝第一种平仄格式。
韵脚在《中华新韵》十七庚，一韵到底。

家教
（七绝）

1986年12月7日于乌鲁木齐

民族伟业倚新芽，

但有昏昏漫自夸。

少数"太阳"由性长，

转来无望悔谁家？

自注：

诗取七绝第一种平仄格式。
韵脚在《诗韵集成》下平声六麻，一韵到底。
题解：现在许多人家对独生子女教育不严，从长远说，也许有害。

天堂
（七绝）

1987年6月19日于乌鲁木齐

天堂眼见在人间，

不赖神人上九天。

自己如能飞上去，

我宁水火共油煎！

自注：

诗取七绝第一种平仄格式。
韵脚在《诗韵集成》上平声十五删转先通押。

重读陆星儿《遗留在荒原上的碑》(七绝)

1988年3月26日于乌鲁木齐

官兵十万垦荒田，

风雨琢磨斗地天。

野火青泉煎苦难，

知青一代树碑坚！

自注：

诗取七绝第一种平仄格式。
韵脚在《诗韵集成》下平声一先，一韵到底。

残花败柳

(七绝)

1988年4月3日于乌鲁木齐

春风四月滥香浓，

万紫千红各有情。

怪状奇形厮露性，

残花败柳欲倾城！

自注：

诗取七绝第一种平仄格式。
韵脚在《中华新韵》十七庚、十八东通押。

心中的歌
（七绝）

1988年6月9日于乌鲁木齐

和平世界相安乐，

万类同欢友爱多。

但得人间无窘迫，

温馨诗酒足当歌。

自 注：

诗取七绝第三种平仄格式。
韵脚在《诗韵集成》下平声五歌，一韵到底。

野猫
（七绝）

1988年7月

野猫浪荡叫秧频，

翻滚雌雄哪管人。

污目之君称倒运，

畜牲反季要怀春！

自 注：

诗取七绝第一种平仄格式。
韵脚在《诗韵集成》上平声十二文转真通押。
题解：在性开放的腐朽文化腐蚀下，个别青年男女不顾廉耻，在大庭广众之下胡缠，令人反感……

侯门公府
（七绝）

1988年12月28日于乌鲁木齐

侯门公府势惊魂，

缘古强权矮庶民。

裙带关联求改进，

千秋永做自由人！

自注：

诗取七绝第一种平仄格式。
韵脚在《诗韵集成》上平声十三元转真通押。
题解：中国有种传统的习惯讲究交朋好友，只是如今这种传统习惯到现在，在有些地方就逐渐变味。老乡、亲友、学友乃至战友各种复杂关系越来越多，须注意扭转才是。

惜阴
（七绝）

1989年6月1日于乌鲁木齐

少年平日时时贵，

壮老西阳刻刻金。

百岁人生尤苦短，

有成归去或安心。

自注：

此诗取七绝第一种平仄格式。
韵脚在《诗韵集成》下平声侵，一韵到底。
题解：少年人的时光是宝贵的，说来老人的时光更宝贵。只是青少年往往还感受不到青春时光的宝贵，等到老了，已经晚了！

衣锦匆匆
（七绝）

1989年7月28日于乌鲁木齐

来如流水去云轻，

衣锦匆匆草木荣。

但愿人间多自重，

公平游戏少厮争！

人和
（七绝）

1989年8月17日于乌鲁木齐

人和半百悟参禅，

今世前生果有缘。

善恶元元无可报，

鸡鸡屁屁本天然！

自 注：

诗取七绝第一种平仄格式。
韵脚在《诗韵集成》下平声八庚，一韵到底。

自 注：

诗取七绝第一种平仄格式。
韵脚在《诗韵集成》下平声一先，一韵到底。
元元：元元本本，同"原原本本"。

别忘有东突
（七绝）

1989年9月20日于乌鲁木齐

班侯汉代战匈奴，

团结边疆统各族。

西域千年原内附，

太平别忘有东突。

咏菊
（七绝）

1989年10月18日于乌鲁木齐

妖桃娇杏报春华，

百态千姿映彩霞。

万艳同归于苦夏，

金秋独秀一枝花！

自注：

诗取七绝第一种平仄格式。
韵脚在《中华新韵》十姑，一韵到底。
东突：恐怖分子在我国西部境外搞的恐怖组织，目的在分裂祖国。

自注：

诗取七绝第一种平仄格式。
韵脚在《诗韵集成》下平声六麻，一韵通押。
题解：古诗写菊的诗很多，这首诗是从菊花在自然界中与百花的特点不同，故写出一花独秀之特色。

难求
（七绝）
1989年11月9日于乌鲁木齐

风华壮茂梦如痴，

冷暖平生我自知。

变幻风云淋物色，

难求古韵雨催诗！

自 注：

诗取七绝第一种平仄格式。
韵脚在《诗韵集成》上平声四支，一韵到底。
题解：年青的时候也曾有过理想梦幻的生活。社会的变迁，人生道路上的坎坷与冷暖，自己也是深有感受的。现代社会的节奏发展更快，若想与青年人一样共享社会发展的成果，那就要靠自己与先生更多努力了！

老山参
（七绝）
1990年元旦

棒槌八两甫称人，

甘苦微温性可亲。

盐卤藜芦休并用，

补虚怯病辅君身。

自 注：

诗取七绝第一种平仄格式。
韵脚在《诗韵集成》上平声十一真，一韵到底。
棒槌：东北人参，当地小名俗称"棒槌"。并流传神话故事"七两参，八两人"，多年老山参重达八两以上称"人"而不叫参，是宝贵的意思。
甫：号。甫称即号称。

贼星
（七绝）

1990年2月17日于乌鲁木齐

复杂劳动脑难当，

劳务单纯体拙丧。

别怪贼星时运旺，

黄歌一曲万金藏！

爱国青年
（七绝）

1990年5月4日于乌鲁木齐

爱国青年可造才，

胸怀世事有将来。

平生即使从天籁，

劳动谋生也发财。

自注：

诗取七绝第一种平仄格式。
韵脚在《诗韵集成》下平声七阳，一韵到底。
题解："扫黄打非"口号已喊出，只是效果甚微。一些高脑力劳动与重体力劳动，本该得到应得的酬劳，但却不如唱黄歌、跳黄舞来钱多，社会岂不反常！

自注：

诗取七绝第二种平仄格式。
韵脚在《诗韵集成》上平声十灰，一韵到底。
劳动：此处指简单劳动。
天籁：自然界的声音，这里指顺其自然，自由自在。

溺爱
（七绝）

1990年6月1日于乌鲁木齐

相传世代盼龙胎，

溺爱从来百事哀。

有识风流夸学子，

国家还望倚德才！

自注：

诗取七绝第一种平仄格式。

韵脚在《诗韵集成》上平声十灰，一韵通押。

题解：重男轻女望子成龙，是中国几千年的封建传统造成的。随着社会环境的发展与变化，生男生女已经在人们观念上或多或少地发生了变化。男也好，女也好，对国家来说，真正需要的还是德才兼备的人才。

谁似斯人
（七绝）

1990年7月27日于乌鲁木齐

谁似斯人烂漫情，

马前无惧问前程。

随来随去天涯梦，

造得今生后世名！

自注：

诗取七绝第二种平仄格式。

韵脚在《诗韵集成》下平声八庚，一韵到底。

题解：此处所表达的是一种奋斗精神，不在乎一时一地之得失。

诗迷（药水）
（七绝）

1991年2月11日于乌鲁木齐

水流日夜去何长，

阴地掘浆解暑忙。

二奶酿成灵点液，

黄霉时浴本生光。

自注：

诗取七绝第一种平仄格式。
韵脚在《诗韵集成》下平声七阳，一韵到底。
迷底：此诗迷语由四种药水组成，一、千里流水。二、地浆水。三、酸浆水。四、黄霉雨水。
黄霉：江南以三月为迎梅雨，五月为送梅雨。古语称"黄梅时节家家雨"。张蒙溪谓梅当作霉，霉雨中暑气也……（见《康熙字典》一四五一页）但霉雨水洗疮疥灭斑痕却有药用价值。

读李清照
（七绝）

1991年3月8日于乌鲁木齐

愚昧憨无咏絮才，

闺中清照动情怀。

诗文有幸萌生爱，

结发当知为此来。

自注：

诗取七绝第二种平仄格式。
韵脚在《中华新韵》九开，一韵通押。
题解：读李清照让人更加爱读诗。因为此前即爱读诗，更因为爱读诗而引起了对喜欢诗的人的爱。回想起夫妻能走到一起，诗文甚至起到了一定的作用。

道情
（七绝）
1991年7月1日于乌鲁木齐

百年苦难眼愁红，

解放翻身欲道情。

外患内忧今搞定，

恩情难忘是毛公！

自注：

诗取七绝第一种平仄格式。
韵脚在《中华新韵》十七庚、十八东通押。
题解：解放前的苦难是谁带给我们的？解放后的幸福又从何来？头脑清醒的老一辈都清楚。

四美争荣
（七绝）
1991年10月2日

四美争荣未肯降，

梅兰菊竹比芬芳。

风姿尊掬天门上，

绿嘴空高举止扬！

自注：

诗取七绝第二种平仄格式。
韵脚在《诗韵集成》上平声三江通阳通押。
题解：古人曾有梅雪争春一诗，其中有两句是："梅须逊雪三分白，雪却输梅一段香。"偶然想到，另有比较，当有不同的结果。

天地为人
（七绝）

1993年2月16日于乌鲁木齐

天地为人自我身，

金黄玉翠贵其真。

人间正道成威信，

论世知人较善心！

铁树赋
（七绝）

1993年5月22日于沈阳

玉立孤高老更狂，

铁心晚发也芬芳。

只为一世花期少，

珍贵身家倚画堂。

自 注：

诗取七绝第二种平仄格式。
韵脚在《诗韵集成》下平声二十侵通真通押。
题解：传统文化教人们懂得天、地、君、亲、师为人之至尊至爱之美，要求像金玉一样纯真。对青少年来说，学会知人论事，方能在这个社会上生存立足，并站稳脚跟。

自 注：

诗取七绝第二种平仄格式。
韵脚在《诗韵集成》下平声七阳，一韵到底。
铁树：明王济《君子堂日询手镜》："吴浙间尝有谚云，见事难成，则云须铁树开花。"

无求与有志
（七绝）

1993年5月30日于沈阳

无求少壮也心灰，

有志年高少自悲。

怀抱鸣琴抒雅曲，

归来一笑映霞扉！

自注：

诗取七绝第一种平仄格式。
韵脚在《诗韵集成》上平声四支通微、灰通押。
题解：此诗重点意思是"归来一笑！"人，应该和大自然的万物都一样，一切顺其自然而已。

感大风
（七绝）

1993年7月16日

蔽日遮天冲宇穹，

摧枯拉朽暗西东。

归来泪雨歌如浪，

衣锦胸怀寄大风！

自注：

诗取七绝第二种平仄格式。
韵脚在《诗韵集成》上平声一东，一韵到底。
题解：读史感汉高祖刘邦衣锦还乡。

千金一诺
——银婚纪念（七绝）

1994年3月10日于乌鲁木齐

热肠古道美名扬，

家有糟糠勿下堂。

一诺千金无忍忘，

自栽花树自乘凉！

自注：

诗取七绝第一种平仄格式。

韵脚在《诗韵集成》下平声七阳，一韵通押。

题解：先生求婚时，母亲曾担心两人性格不同，生活又缺乏经验……先生说，凡事互相帮助谅解，就不会有大的矛盾。一方没经验应帮助，自己栽花自己乘凉嘛！

西湖今赋
（七绝）

1994年4月于杭州

烟雨西湖尽兴游，

今香古色绕湖楼。

飞来峰顶观春梦，

无虑杭州与汴州！

自注：

诗取七绝第二种平仄格式。

韵脚在《词林正韵》第十二部平声十一尤通押。

题解：南京偏安建都杭州，无恢复中原之意，故有"暖风薰得游人醉，直把杭州作汴州"之句。而今祖国大一统，无把"杭州作汴州"之虑了，但国忧还是不能忘的。

汴州：古汴梁，今开封市。

归来
（七绝）

1994年5月2日于沈阳

盛京阔别已年深，

怀旧归来访故人。

异地人生甘苦甚，

童颜没齿笑相询！

孝敬
（七绝）

1994年5月12日于沈阳

孝敬为人在眼前，

金樽美酒共甘甜。

天年享尽天伦乐，

哭泣无须到九泉！

自 注：

诗取七绝第一种平仄格式。
韵脚在《诗韵集成》下平声十二侵通真通押。
盛京：指沈阳，是旧称。清朝早期的京城。
题解：本人由60年代初离别原籍沈阳，至1994年5月回来，同学故旧偶一相见瞬间，由青春少年一下变为中老面容，大家都感慨万千，一时说不出话来……

自 注：

诗取七绝第二种平仄格式。
韵脚在《诗韵集成》下平声一先通盐通押。

庆祝反法西斯战争胜利50周年（七绝）

1995年9月2日于乌鲁木齐

法西斯蒂死无颜，

余烬灰飞众笑甜。

世纪人民无大难，

和平世代续斯年！

自 注：

诗取七绝第一种平仄格式。
韵脚在《中华新韵》十四寒，一韵通押。
题解：反法西斯战争胜利已经50周年了，世界和平，人民幸福，这是一切爱好和平人民的愿望。每个人都不例外，因作诗纪念之。

勉孙菊（七绝）

1995年9月16日于乌鲁木齐

人生伊始爱诗文，

戏说将来有匠心。

时代巅峰肩大任，

木兰也可领三军！

自 注：

诗取七绝第一种平仄格式。
韵脚在《中华新韵》十五痕，一韵通押。
匠心：远指有卓越成就的人。对小人物说是一种愿望。
题解：这是做母亲的一种望子成龙的心情，联系子女们青少年阶段的表现，给予鼓舞与勉励的愿景。

第二春
（七绝）

1966年3月8日于乌鲁木齐

难得人生第二春，

身心两硬步儒林。

激情火焰心头吮，

一刻千金纳寸阴！

自 注：

诗取七绝第二种平仄格式。
韵脚在《诗韵集成》下平声十二侵通真通押。
吮：用嘴吸取。

你和我颂
（七绝）

1996年5月19日于乌鲁木齐

新事新词赋趁时，

赋家赋国有新诗。

你和我颂人间意，

家国繁荣日月知！

自 注：

诗取七绝第二种平仄格式。
韵脚在《诗韵集成》上平声四支，一韵到底。

追求
（七绝）

1996年7月8日于乌鲁木齐

风雨同舟结发缘，

一生事业苦尤甜。

追求理想随心愿，

携手文苑有洞天！

自注：

诗取七绝第二种平仄格式。
韵脚在《诗韵集成》下平声一先通盐通押。
题解：此诗写夫妇一生对事业的追求。

举杯
（七绝）

1996年10月1日于乌鲁木齐

古人激愤感为诗，

忠爱情深画意痴。

今世繁华当有志，

举杯畅饮颂其时！

自注：

诗取七绝第一种平仄格式。
韵脚在《诗韵集成》上平声四支，一韵到底。

悦耳独听
（七绝）
1996年12月22日于乌鲁木齐

断代诗吟喜一生，

推波逐浪懔兢兢。

欲迎一代捷才涌，

悦耳独听古韵声。

烈汉
（七绝）
1997年3月18日于乌鲁木齐

暮年学道似非能，

烈汉吟诗有所钟。

爱国亲民情涌动，

真情出自本心中！

自注：

诗取七绝第二种平仄格式。
韵脚在《诗韵集成》下平声八庚通蒸通押。
懔：lǐn，懔然生畏。

自注：

诗取七绝第一种平仄格式。
韵脚在《诗韵集成》十七庚、十八东通押。
题解：常人说作诗需要激情，而激情往往来自于有个性的人。讲个性先生比我要强，但个性并不等于激情。激情应该是在某种思想理念的引发下，产生的感情上爱与恨的冲动。

团圆
（七绝）

1997年7月4日于大连

相夫教子几十年，

军转还乡百事安。

叶落归根人眷念，

人生半老喜团圆。

自注：

诗取七绝第一种平仄格式。

韵脚在《诗韵集成》下平声一先转寒通押。

题解：说起军转干部安排，一般说来都还满意，特别是老辈或较老者都还满意的。只是现在年青一代或有安排不称心者，相信国家会处理好这件大事，个人或许也需要尽量和谐。想想当年那些牺牲了的烈士们和老红军，不管如何也都过得去了！

燕子之歌
（七绝）

1997年7月4日于大连

燕子衔泥学做窝，

传宗接代续情歌。

百天反哺酬思过，

劳却东飞爱也多！

自注：

诗取七绝第二种平仄格式。

韵脚在《诗韵集成》下平声五歌，一韵通押。

劳，伯劳鸟。古乐府有《东飞伯劳歌》云："东飞伯劳西飞燕，黄姑织女时相见。"比喻离别并随时可见。

题解：此诗以燕子为喻，抒发了个人家庭生活中的感受。当年先生军转时志愿赴新疆工作，由于已经确定了恋爱关系，便毅然结婚同往。二十多年后子女长大成人，在开放政策下，又自由转回故乡，还算顺利。在归来养老问题上，子女大有反哺之心。

雨后林霞

（七绝）

1997年7月16日于大连

蝶舞纷飞戏百花，

柔枝绿叶伴参差。

莺歌溪岸林荫里，

坐看天晴雨后霞。

桃园一览

（七绝）

1998年4月26日

美景寻芳入画来，

惊心艳色满情怀。

暗香烈烈如喷火，

娇面妖妖快意筛。

自 注：

诗取七绝第二种平仄格式。
韵脚在《诗韵集成》下平声六麻，一韵到底。
坐看天晴：辽东半岛伸入大海，五分之四的面积临水。然而大气候却很平稳，四季温差小，冬不冷，夏不热。人居环境好，心情也自然好。

自 注：

诗取七绝第二种平仄格式。
韵脚在《诗韵集成》上平声十灰通支转佳通押。
题解：春天同先生步入后山桃园有感戏作，颇为先生赞赏。

韩雅秋诗词集 | 125

郊野小游
（七绝）

1998年4月28日于大连

和风滴雨伴春潮，

花草山桃百态妖。

跬步清溪寻鸟叫，

激情澎湃抚枝条。

自 注：

诗取七绝第一种平仄格式。
韵脚在《诗韵集成》下平声二萧，一韵通押。
题解：大海之滨春日郊游，依山傍水。绿草红花，溪水潺潺。人在游玩中欣赏着自然，自然因为人的观赏，产生出一种人与环境的和谐美感。

转折点
（七绝）

1998年9月26日于大连

人生之路几多难，

美好追求止万千。

一念之差犹变幻，

关心脚下价值观。

自 注：

诗取七绝第一种平仄格式。
韵脚在《诗韵集成》上平声十四寒转一先通押。
美好追求止万千：这里的"止"是何止，不限于之意。
关心脚下价值观：人生之路走的好与不好，责任都在自己身上，不能怪任何人。
题解：此诗写在我们人生的转型期。是劝先生在关键时刻，好好把握住自己的价值观。比如退休后是经商还是从文？经商可赚钱改变生活状况，从文是个人爱好，是体现价值观的大事。

身心
（七绝）

1998年11月2日于大连

正人心得正其心，

心正方知左右身。

若展诗才撑大阵，

须为长寿纂歌人。

自 注：

诗取七绝第一种平仄格式。
韵脚在《诗韵集成》下平声十二侵通真通押。
题解：古语云："欲正其身，先正其心……"现代人的心，与古人并无什么概念上的区别。"心"即指一个人的思想意识。思想意识是好的，人永远走在正路上。

老有为
（七绝）

1999年元月8日于乌鲁木齐

胸怀喜悦敞心扉，

梦入儒林老有为。

旦夕年青知几岁，

书山深处卷游追！

自 注：

诗取七绝第一种平仄格式。
韵脚在《诗韵集成》上平声五微、四支通押。
题解：老年从文未免要阅读许多东西大开眼界。读书越多，人会感觉到年轻时读得太少了……可喜的是人虽老，只要健康，仍可奋起直追的。

乌鲁木齐
（七绝）

1998年9月26日于大连

正月初一瑞雪纷，

烟尘笼罩不知春。

铅灰一片迷寰宇，

唯见高楼耸入云！

谈人生
（七绝）

1999年3月5日于乌鲁木齐

大器人生壮志酬，

难平昔日旧恩仇。

为求正义抛私旧，

何必平生骨鲠喉！

自 注：

此诗七绝第二种平仄格式。
韵脚在《诗韵集成》上平声十二文通真韵部通押。

自 注：

诗取七绝第二种平仄格式。
韵脚在《诗韵集成》下平声十一尤，一韵通押。
题解：每每提起当年的尔虞我诈之事，先生总是意难，然而毕竟都成了往事，人间美好的品格毕竟是不念旧恶嘛！

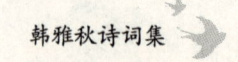

冲腾
（七绝）
1999年3月17日于大连

天堂地狱几翻腾，

背水而危死后生。

奋力搏击尤取胜，

为文伴老晓钟鸣。

自 注：

诗取七绝第一种平仄格式。
韵脚在《诗韵新编》十七庚，一韵通押。
题解：人生总有上下翻腾的时候，年轻时去了边疆，干了三十多年，然而没有想到，离开岗位后竟然又回到了故乡，并开启了老有所学的新路……

诗情
（七绝）
1999年3月28日于大连

诗情如鸟闯胸襟，

快意惊人喜上心。

兴致勃然捉弄住，

开心一笑也传神！

自 注：

诗取七绝第一种平仄格式。
韵脚在《诗韵集成》下平声十二侵通真通押。

中华古韵
（七绝）

1999年5月2日于大连

国粹民风故事深，

中华古韵固人心。

年年月月来兮去，

一脉传承世代人！

吟成一句
（七绝）

1999年6月9日

倩语寥寥寄曲衷，

感人情理贯时空。

吟成一句千钧重，

万代传承似鼎钟！

自注：

诗取七绝第二种平仄格式。
韵脚在《诗韵集成》下平声十二侵转真通押。
题解：中华古韵泛指古体诗词。诗词虽简单，但意味深长，因字句流畅上口容易记，文化深浅都能学习，所以古诗传承能经久不衰。

自注：

诗取七绝第二种平仄格式。
韵脚在《诗韵集成》上平声一东、二冬通押。
题解：诗词言简意赅，微言大意更是古体诗词的特点。

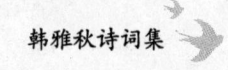

妙笔
（七绝）

1999年7月8日于大连

一代风流进化新，

千秋万代盼来人。

风花雪月飘飘落，

妙笔诗文字字金！

比翼
（七绝）

1999年12月28日于大连

文心自是不心灰，

地阔天高比翼飞。

壮志为人心未醉，

自拉自唱感春回！

自 注：

诗取七绝第二种平仄格式。
韵脚在《诗韵集成》下平声十二侵通真通押。
题解：先生有空经常写点古体诗，对自己影响较深。他写古体诗，只用古体诗的形式，而侧重现实的内容。

自 注：

诗取七绝第一种平仄格式。
韵脚在《诗韵集成》八微，一韵通押。
题解：在从文路上与先生共勉。

偶感
（七绝）

2000年5月4日于大连

平生爱好是诗词，

遗憾青年淡漠时。

任性平庸无大志，

白头抢点不宜迟。

作书
（七绝）

2000年8月18日于大连

作书不若赚金钱，

白日呕心夜不眠。

旦夕新书濡世面，

心花怒放泪如泉！

自注：

诗取七绝第一种平仄格式。
韵脚在《诗韵集成》上平声四支，一韵通押。
题解：此诗有点自悔之意。回想年轻时代很多时光白白流过，以为那便是自由与幸福，等到老就会感到后悔莫及了！不过老有所学并学有所成的人还真不少，全看个人的爱好了。

自注：

诗取七绝第一种平仄格式。
韵脚在《诗韵集成》下平声一先，一韵通押。
题解：作书从文与经商赚钱是绝对不一样的。要说费时费力的付出，也许有类似之处。但在价值取向上，却是不一样的。

聊以解嘲
（七绝）

2000年11月22日于大连

欲成"大器"酷寒酸，

半百之身学艺艰。

姥姥年尊屈自贱，

千般俯就戏难堪！

自 注：

诗取七绝第一种平仄格式。
韵脚在《中华新韵》平声十四寒，一韵通押。
姥姥：引《红楼梦》人物刘姥姥之典。
题解：人的一生什么事都能遇到。一生从不愿意求人的先生，在从文路上早期遇到的某些事情，真是令人啼笑皆非……

示儿
（七绝）

2001年元旦戏作于大连

人生大路各通天，

戴月披星掌画船。

梦想拼搏成好汉，

无须顾后尽瞻前！

自 注：

诗取七绝第一种平仄格式。
韵脚在《诗韵集成》下平声一先，一韵通押。
题解：元旦时子女们都过来团聚。先生提醒他们，人生要看得远些，选择合适的目标，坚持奋斗下去。特别是青年时代，总瞻前顾后，裹足不前，难免岁月蹉跎。

可叹
（七绝）

2001年1月30日于大连

可叹愚盲转法轮，

无知受害妄托神。

害人害己传迷信，

埋葬青春做傻人！

自注：

诗取七绝第二种平仄格式。
韵脚在《诗韵集成》上平声十一真，一韵到底。
题解：《新闻联播》报道法轮功练习者在天安门广场自焚事件，这是破坏社会安定的反动组织。人民群众须提高认识，无论何时都是需要的。

自娱
（七绝）

2001年2月6日于大连

去冠有幸学长生，

白首习儒适不明。

若将英雄论成败，

自娱其乐未图名。

自注：

此诗为七绝第一种平仄格式。
韵脚在《诗韵集成》下平声八庚，一韵到底。
此诗第三句平仄按规定应为仄仄平平平仄仄，实际上都是仄仄平平仄平仄，此系变格是允许的谨此说明。
学长生：崔颢《行经华阴》有"借问路旁名利客，何如此处学长生"之句。

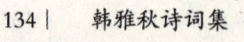

人怕逼
（七绝）

2001年3月8日于大连

逼上梁山佩剑摩，

天罡地煞自欢歌。

人生异路攀登过，

老运亨通雅兴多！

自注：

诗取七绝第二种平仄格式。

韵脚在《诗韵集成》下平声五歌，一韵通押。

人怕逼：古语说，字怕习，马怕骑。我加上一句叫：人怕逼！人有时被逼后，有一种反弹力量，容易成就了事……

佩剑摩：这里是摩拳擦掌之意。

题解：这里说的是逼人，即通常所说的形势逼人。社会发展，人不甘落后，自己逼自己做出一些成绩。

恸祭南京大屠杀
（七绝）

2001年4月5日

饿狗原来敢吃人，

善良儿女作冤魂。

百年怨愤涤不尽，

难忘中华国耻门！

自注：

诗取七绝第二种平仄格式。

韵脚在《诗韵集成》上平声十一真转元通押。

难忘中华国耻门：年轻时曾读过《日寇侵华暴行录》等书，早已刻骨铭心。如今再看南京大屠杀展，激愤之情油然而生，报复当然不可取，然而忘记不仅是背叛，且愚蠢，是蠢中之蠢，悲中之悲……

题解：1937年日本侵略军攻占南京时，屠杀无辜平民三十多万人，这帮野兽奸淫抢掠无恶不作，比畜生还野蛮……任何时候想起来都让人痛心！

申奥
（七绝）
2001年7月11日于大连

和平共处理当然，
｜ ｜ － － ｜ ｜ －

竞技公平几许年。
｜ ｜ － － ｜ ｜ －

新北京迎新圣火，
－ ｜ － － － ｜ ｜

故长城起老烽烟！
｜ － － ｜ ｜ － －

自 注：

此诗取七绝第一种平仄格式。
韵脚在《诗韵集成》下平声一先，一韵到底。
题解：旧社会中国被世界帝国主义奴役压迫，近百年过去了，终于迎来了强大的今天！

阿门
（七绝）
2001年9月11日23点于大连

恶贯仇盈犯上穹，
｜ ｜ － － ｜ ｜ －

海湾人泣鬼哀鸿。
｜ － － ｜ ｜ － －

报应世界凭"真主"，
｜ ｜ ｜ ｜ － － ｜

霸道横行必被凶！
｜ ｜ － － ｜ ｜ －

自 注：

此诗取七绝第二种平仄格式。
韵脚在《诗韵集成》上平声一东、二冬通押。
题解：美国为夺取中东地区石油相继发动海湾战争，中东人民苦难无穷……人不报天报！总有一天他们会得到报应的！

祭孙文
（七绝）

2001年10月16日于大连

帝消一笑赞孙文，
| - | | - | | - |

百折复兴志胜人。
| | - | | - | - |

博爱为公同四海，
| - | - | | - | - |

鞠躬尽瘁见忠魂！
| - | | - | | - |

自 注：

此诗取七绝第一种平仄格式。
韵脚在《诗韵集成》上平声十一真转文、元通押。
帝消一笑：孙文曾在日本组织"帝制取消一笑会"，这里是赞他取消帝制，提倡共和成功一笑之意。

勉儿诗
（七绝）

2001年11月20日于大连

与时俱进时时进，
| - | - | - | - |

事物由争事事争。
| - | - | - | - |

激荡风雷随变去，
| - | - | | - | - |

一生有奈大功成。
| - | | - | - | - |

自 注：

此诗取七绝第三种平仄格式。
韵脚在《诗韵集成》下平声八庚，一韵到底。
有奈：与无奈，无可奈何是对立的。是有应对之策的，积极的。此诗原稿较有力度，因不入律现以古风附后：

  与时俱进时时进，同事竞争事事争。
  | - | - | - | - | - | - | - | - |

  风雷激流随万变，有奈一时一世成。
  | - | - | - | - | | - | - | - |

闯文坛
（七绝）

2001年12月22日

侨居客串闯文坛，

梦笔涂鸦小可难。

学子蹒跚初履步，

龙飞凤舞待来年。

自 注：

诗取七绝第一种平仄格式。
韵脚在《诗韵集成》上平声十四寒转先通押。
龙飞凤舞待来年：与先生一起学文，近年来颇得一些乐趣，激动起来有时也难免失态发狂，想起来这也是人的本性自然流露吧！

周恩来总理逝世26周年纪念（七绝）

2002年1月8日

功德盖世为人民，

大器无私主义真。

委曲求全撑国运，

碑铭江海共人心！

自 注：

此诗取七绝第一种平仄格式。
韵脚在《诗韵集成》下平声十二侵通真通押。
题解：周恩来总理是中国老一辈革命领导人中，人格上最具有魅力的伟人之一。他的丰功伟绩更是笔墨难书，他还有最大的美德是热爱人民，善待群众……

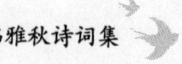

感《纽约时报》评核态势报告（七绝）

2002年3月14日

爱好和平美国人，

群情众志诲云祲。

今知无赖究谁是，

核诈流氓是美军！

自注：

此诗取七绝第二种平仄格式。
韵脚在《诗韵集成》下平声十二侵通真转文通押。
题解：《大连日报》2002年3月14日载文《纽约时报》12日发表题为"美国是个核流氓"的社论，继续批评五角大楼在紧急情况下使用核武器计划。
祲：阴阳相侵之气。

感叶乔波（七绝）

2002年5月14日

今生不变拼搏乐，

赛场巾帼奏凯歌。

退役从头游学海，

健儿博士叶乔波！

自注：

诗取七绝第三种平仄格式。
韵脚在《诗韵集成》下平声五歌，一韵通押。
题解：叶乔波124次参赛，国内外共获奖牌133枚，其中金牌50多枚，国际体坛称之为"冰上500米之王"。
1994年被清华大学MBA班免试录取，只有小学基础的叶乔波把大学当成了另一个赛场，她一气读了6年，她在当年三百多名毕业生中名列第三，随后她又到中央党校读起了政治经济学博士……

题浩哥满月
（七绝）

2002年6月30日

浩哥满月出爷书，

双喜临门马负图。

喜鹊奈何啼白屋，

鲜花著锦有前途。

谁可恨
（七绝）

2002年7月3日

法轮邪教叛人民，

卖国求荣辱己身。

藏垢纳污谁可恨？

人权买卖鬼通神！

自 注：

诗取七绝第一种平仄格式。
韵脚在《诗韵集成》上平声六鱼、七虞通押。
马负图：此引"河图洛书"之典，且孙儿浩哥出生在马年，正逢爷爷出书，因有此句。
白屋：白、屋二字今已成平声，但在古体诗中仍读仄声。白屋，即用茅草履盖的屋。《汉书·吾丘寿王传》"三公有司，或由穷苍巷，起白屋，裂地而封"，旧亦指寒士的住屋。

自 注：

此诗取七绝第一种平仄格式。
韵脚在《诗韵集成》上平声十一真，一韵到底。
题解：臭名远扬的法轮功，已被法律部门定为反动组织。可是那几家西方佬却如获至宝，收罗在他们的旗下，成为反华的走狗……

耳顺人生
（七绝）

2002年7月8日

耳顺人生事洞明，

棋书诗酒伴君行。

无为利禄凌虚赘，

却有春花白雪情！

情怀趣处
（七绝）

2002年7月26日

情怀趣处复高吟，

今有愚夫忘老心。

翁妪决心生睿智，

八十梁灏宴琼林！

自 注：

此诗取七绝第二种平仄格式。
韵脚在《诗韵集成》下平声八庚，一韵到底。
题解：诗有平淡之感，为寄平淡之情。人生多有在平淡中满足者。

自 注：

诗取七绝第一种平仄格式。
韵脚在《诗韵集成》下平声十二侵，一韵到底。
梁灏：北宋人，屡次参加科考不中，苦读至八十二岁考中状元，终慰平生之愿。
宴琼林：指琼林宴。科举制度为新科进士举行的宴会。宋代曾赐新进士宴于琼林苑（在汴京城西），故有此称。
八十：之"八"字按古韵应读仄声，因此字在句中位置可平可仄，故按现行习惯注为平声。

港湾月夜
（七绝）

2002年7月28日

无虑衣食赏月明，

云边灯火港湾城。

千般天上时空进，

万种人间特色情。

看拙劣影视剧有感
（七绝）

2002年8月6日

破碎支离影剧情，

生捏硬造乱拼成。

庸员卖笑污灵性，

炒作金钱捧臭名。

自 注：

诗取七绝第二种平仄格式。
韵脚在《诗韵集成》下平声八庚，一韵到底。

自 注：

此诗取七绝第二种平仄格式。
韵脚在《诗韵集成》下平声八庚，一韵到底。

盼书

（七绝）

2002年8月28日于大连

心急火燎盼书成，

几载推敲苦赋情。

一旦功成帛竹著，

家传世代念芳名。

自 注：

此诗取七绝第一种平仄格式。
韵脚在《诗韵集成》下平声八庚，一韵到底。
题解：先生出第一卷诗时，出书盼书，心急火燎。从旁看其着急，写诗以记。

唯一祸首

（七绝）

2002年9月9日

中东百姓血长流，

父子因何共一仇。

借口罪名随处有，

唯一祸首是石油！

自 注：

此诗取七绝第一种平仄格式。
韵脚在《诗韵集成》下平声十一尤，一韵到底。
题解：美对中东石油感兴趣，原来利益是美国的哲学！不过聪明的美国执政者，切不忘记，整个世界上爱好和平的人民，整天都在擦亮眼睛，正以炯炯的目光注视着你们。

感未来中东与世界
（七绝）
2002年9月10日

十年仇恨再争锋，

虎视眈眈对跱中。

核弹果然能灭种，

届时冠冕有无终？

自 注：

诗取七绝第一种平仄格式。
韵脚在《诗韵集成》上平声二冬通东通押。

喜度中秋
（七绝）
2002年9月21日

儿孙笑脸月霞明，

家国无忧造化穷。

亿众中秋圆喜庆，

小康望富有前程。

自 注：

诗取七绝第一种平仄格式。
韵脚在《中华新韵》十七庚、十东通押。

中日建交30年赠日本人民（七绝）

2002年9月29日

战争罪犯是仇根，

日本人民有善心。

中日邦交原始早，

如今修好友情深！

观书市有感（七绝）

2002年10月2日

自由出版滥竽人，

文字堆积笔乱神。

利欲熏心凭混混，

垃圾处理可称金！

自 注：

诗取七绝第一种平仄格式。
韵脚在《中华新韵》十五痕，一韵到底。
战争罪犯：指的是老的或新的坚持反动立场并还贼心不死、积极活动的人，当然不包括改变原立场进而化敌为友的朋友！

自 注：

诗取七绝第一种平仄格式。
韵脚在《诗韵集成》下平声二十侵通真通押。

有感"作"
（七绝）
2002年11月26日

作男作女作金钱，

可叹卑微令齿寒。

更有灵魂深处暗，

作文疑似售其奸！

感苦难中的中东人民
（七绝）
2002年12月12日

牛鬼蛇妖肆意飞，

善男信女看伤悲。

仁慈"上帝"心不醉，

顿起狂飙扫孽贼。

自注：

诗取七绝第一种平仄格式。
韵脚在《诗韵集成》下平声一先转寒通押。

自注：

诗取七绝第二种平仄格式。
韵脚在《中华新韵》八微，一韵到底。
上帝：这里指的是毛泽东所说的"上帝"即人民群众，不是别的……

戏儿
（七绝）

2002年12月22日

今岁乖儿做父亲，

殷殷奉献爱儿心。

为人父母情真切，

老去难知定省勤！

美女倾城
（七绝）

2002年12月27日

美女倾城史有云，

而今丑女也骄矜。

权钱色欲由交换，

下贱猪猡自卖身！

自 注：

诗取七绝第二种平仄格式。
韵脚在《诗韵集成》下平声十二侵通真转元通押。

自 注：

诗取七绝第二种平仄格式。
韵脚在《诗韵集成》上平声十一真通蒸转文通押。

神舟四号祝

（七绝）

2002年12月30日

华夏莺歌遍九州，

无边宇宙待遨游。

神舟四号旋归酒，

五号兼酬敬冕旒！

自注：

诗取七绝第二种平仄格式。
韵脚在《诗韵集成》下平声十一尤，一韵到底。
冕旒：旒（liú），是古时皇帝戴的"冕"前后垂着的玉串。

昨夜星辰

（七绝）

2003年元月3日

梨园德艺苟双馨，

黄白兼收欲壑深。

昨夜星辰今陨晕，

空为十五月儿吟！

自注：

诗取七绝第一种平仄格式。
韵脚在《中华新韵》十五痕，一韵到底。
黄白：黄，指黄金；白，指白银。有的说银幕也是白的，这里是泛指金钱欲望……
题解：近年来演艺界有些演员裸露之风盛行，而且深深堕入金钱拜物教的欲壑迷津。种种问题表明，演艺界不仅需要体制改革，而且更需要加强管理！

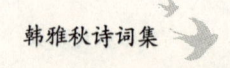

鲜血换石油
（七绝）

2003年元月18日

布什好战有来由，

大国资源耗费愁。

不抢不夺无觅处，

不惜"鲜血换石油！"

自注：

诗取七绝第一种平仄格式。
韵脚在《诗韵集成》下平声十一尤，一韵到底。
鲜血换石油：自从美国总统布什宣布决心攻打伊拉克以后，美国人民反战情绪激昂，公开提出反对"用鲜血换石油"的口号。

美对伊拉克开战20日有感（七绝）

2003年4月9日于大连

两河流域起惊涛，

激荡风云战鼠妖。

黩武穷兵成霸道，

别家院内逞英豪！

自注：

诗取七绝第一种平仄格式。
韵脚在《诗韵集成》下平声二萧、四豪通押。
题解：美国总统小布什以伊拉克藏有"大规模杀伤武器"为借口，向伊拉克动武，发动侵略伊拉克的战争……激起了美国国内爱好和平的人民抗议，他们一针见血地批小布什政府，"不要拿鲜血去换石油！"

庆先生66岁生日
（七绝）

2003年9月14日

六六之春庆诞辰，

师襄成就鼓琴人。

身轻运得流年顺，

有学逍遥自在身！

自 注：

诗取七绝第二种平仄格式。
韵脚在《诗韵集成》上平声十一真，一韵通押。
师襄：《家语》载：孔子向师襄子学琴，颇有故事，此处略。诗句中引此典怀古事以抒今情，全在求学自勉，非有意夸张也。

春思
（七绝）

2003年9月22日

无奈春思梦倚楼，

骄阳夏至晚风柔。

黄花九月凌风瘦，

未解蜂蝶几度游！

自 注：

诗取七绝第二种平仄格式。
韵脚在《诗韵集成》下平声十一尤，一韵通。
题解：此诗准确地说是一种游戏笔墨。但也并非没有来历，这是在读了几位古代女文人的诗后的玩艺。

祝中国载人航天初功
（七绝）

2003年10月5日

蓝天碧海辅银盘，

剑气峥嵘射九天。

寂寞嫦娥思往返，

日将月就只十年！

自注：

诗取七绝第一种平仄格式。

韵脚在《诗韵集成》上平声十四寒转先通押。

题解：据报道称，我载人航天首次成功十年后，即将实现登月梦想。俗话说："天上才一日，人间已十年"，对于月宫里的嫦娥来说，等一天实在是算不得什么的！国家航天大业已经迈出了伟大的一步，老百姓也为之而高兴！

探月——题酒泉卫星发射基地烈士墓（七绝）

2003年10月12日

大漠长河弱水西，

绿洲星夜有仙居。

英灵五百寒食祭，

为奠神州探月梯！

自注：

诗取七绝第二种平仄格式。

韵脚在《中华新韵》七齐，一韵通押。

题解：酒泉卫星发射基地烈士陵园，长眠着我国宇航事业的奠基人聂荣臻元帅和五百多名航天人。值此神舟五号载人飞船发射之际，预祝胜利归来，谨题诗一首，以慰烈士在天之灵。

庆"神5"载人发射成功（七绝）

2003年10月15日

凌霄幻境看大庭，

地上谈空入上乘。

恋旧嫦娥应庆幸，

喜迎郎舅已登程！

自注：

诗取七绝第一种平仄格式。

韵脚在《诗韵集成》下平声：八庚、九青、十蒸通押。

地上谈空入上乘：指人类航天的理想正在逐步实现。是褒意，指航天科技从理论到实践上的突破与飞跃。

而今，中国的现代人——嫦娥的亲戚骨肉们，正在准备迎接她回故乡，这不，登月的飞船已经起程了，嫦娥回归的日子不远了！

天伦（七绝）

2003年10月18日

老有鲜花著眼前，

平安乐道在心闲。

天伦百感从人愿，

苦尽甜来梦自圆！

自注：

诗取七绝第二种平仄格式。

韵脚在《诗韵集成》下平声一先转删通押。

题解：每个人都有理想和目标，但如果脱离环境，那就难以满足了，无异于自寻烦恼！因此人一般要有知足感。

黄！黄！
（七绝）
2003年12月6日

欲火淫威肆虐狂，

花天酒地睹黄狼。

拜金麻醉黎生象，

谁向青天论短长！

自注：

诗取七绝第二种平仄格式。

韵脚在《诗韵集成》下平声七阳，一韵通押。

题解：一次应朋友之请到某餐馆餐饮，所见餐饮者青年富豪居多，各种友爱表现令人大开眼界……归来后夜深人静时忽有此四句诗草。

观纪念片《诗人毛泽东》有感（七绝）
2003年12月16日

圣贤思想见雄文，

今古精英铸国魂。

遍数风流今始信，

天生爱国是诗人！

自注：

诗取七绝第一种平仄格式。

韵脚在《诗韵集成》上平声十一真、十二文通押。

题解：伟人毛泽东就连反对他的人也称为天才。毛泽东是天才是客观存在，特别是诗人一点是令众多古体诗词爱好者所崇拜的。所以当此伟人110周年诞辰之际，写首诗表示纪念！

有感病痛
（七绝）

2004年元月11日

年来病痛累身心，

无奈磨炼作诗文。

衰弱神经难自禁，

暂求新句自欺人！

年关微恙
（七绝）

2004年元月于13日

瑞雪西风戏腊梅，

年关微恙竞相催。

安贫乐道心还累，

康复相期盼早回！

自 注：

诗取七绝第一种平仄格式。
韵脚在《诗韵集成》下平声十二侵通真转文通押。
题解：这次从外地回到家乡，倒有了"水土不服"现象了。感冒发烧、消化不好不说，这个炎症那个炎症，也不断袭来。看来过去时间在外地是适应了，外地成了家乡。

自 注：

诗取七绝第二种平仄格式。
韵脚在《诗韵集成》上平声十灰，一韵通押。
题解：年关之际相继微恙，一个住进医院，一个在家徒守空门。儿女孝顺，难解心累，唯望康复早回，可慰老年之恋矣！

演艺圈中
（七绝）

2004年元月18日

人生百态令疑惊，

演艺圈中戏作情。

难得鸳鸯同梦境，

烟波雨后月风清！

自 注：

诗取七绝第一种平仄格式。
韵脚在《诗韵集成》下平声八庚，一韵通押。
题解：近日《新商报》对导演黄建中与演员张钰的绯闻连篇累牍的报道不胜其读，令人惊讶，故有所感。

本朝文苑
（七绝）

2004年2月17日

陈腐风流爱染黄，

本朝文苑寄谁香。

误人子弟无文象，

迷惘如今草莽郎！

自 注：

诗取七绝第二种平仄格式。
韵脚在《诗韵集成》下平声七阳，一韵通押。
题解：如今图书市场黄毒泛滥，颇有所感，因写诗讥之。

游海南·亚龙湾
（七绝）

2004年3月10日于亚龙湾

观山观海荡飞舟，

浪浴人潮意未休。

椰子棕榈风景秀，

亚龙湾里忘千愁！

自注：

诗取七绝第一种平仄格式。
韵脚在《词林正韵》第十二部平声十一尤，一韵通押。
题解：2004年3月按小女儿的安排，与先生一起到海南旅游。

游海南·天涯海角
（七绝）

2004年3月12日于亚龙湾

天涯海角觅缘由，

老子无为尔欲求。

身到此时知未有，

客来起止自心头！

自注：

诗取七绝第一种平仄格式。
韵脚在《诗韵集成》下平声十一尤，一韵到底。
题解：中国现代文化应从古典中汲取营养，使古为今用，对扩大中西交流是有好处的，而且是必要的。

大道
（七绝）

2004年4月26日于大连

古今大道走成河，

博览群书有几多。

面对现实思活做，

当为国事送秋波！

自 注：

诗取七绝第一种平仄格式。
韵脚在《诗韵集成》下平声五歌，一韵通押。
题解：现在文化艺术领域里很复杂，也可以说是从来没有过的混乱。也许这就是一些人所希望的社会"自由"吧！

步韵
（七绝）

2004年6月4日

少年俊秀赴边陲，

浅著功名有口碑。

白首归来无怨悔，

同龄诗酒醉心怀！

自 注：

诗取七绝第一种平仄格式。
韵脚在《诗韵集成》上平声四支、十灰通押。
题解：从外地迁回原籍不久，感慨颇多。一次饭后茶余先生随口念出一首诗："豆蔻离家五十归，乡音有改鬓毛衰。三十春秋弹指过，苦乐悲喜吐与谁！"听了先生的诗，感到有点悲凉，调子未免有点低。于是我有了这首诗，竟使先生说："从此当刮目相看了！"

读钓鱼之歌有感
（七绝）

2004年6月5日

湍湍溪水大河流，

万里潜鱼往返游。

逆水生凄情固有，

天工法物系同舟。

激扬文字
（七绝）

2004年7月8日

叙事言情力所能，

不卑不亢述心声。

金钱魅力难驱动，

泾渭激扬善恶明！

自注：

诗取七绝第一种平仄格式。
韵脚在《词林正韵》第十二部平声十一尤（独用）。
题解：在与先生写作《藏地燃情》这部长篇中，先生写出"高原鱼歌"时令我有些激动，因顺笔写出几句一咏为快！这首诗算是顺水推舟吧！

自注：

诗取七绝第二种平仄格式。
韵脚在《诗韵集成》下平声八庚、十蒸通押。
题解：这首诗是写给先生的，是在写作《藏地燃情》的过程之中，以此互相鼓舞和勉励。

挚爱
（七绝）

2004年10月28日

人生挚爱欲何期，

贵胄豪门誓不迷。

放马放牛随尔去，

天涯芳草紧相依。

自 注：

诗取七绝第一种平仄格式。
韵脚在《诗韵集成》上平声四支、五微、八齐通押。
贵胄：胄字有两解，一是古代武士打仗时所戴保护头脸的帽子。二是封建社会贵族的后代子孙被称为贵胄。
题解：这首诗是长篇小说《藏地燃情》书中人物薛红梅，写给其恋人谢大军的一首诗。小说由先生和我合作署名。这是一首爱情诗，诗由我产生，归在我的名下，先生更是乐不得的。

从文
（七绝）

2004年11月13日

厚德载物酿奇文，

绿水青山育子民。

天地宽容容自信，

求知欲望望恒心！

自 注：

诗取七绝第一种平仄格式。
韵脚在《诗韵集成》下平声十二侵通真转文通押。
题解：此诗产生在长篇小说《藏地燃情》写作比较艰苦的阶段，希望先生沉着冷静，不急不缓慢慢坚持到底。

书成有感
（七绝）

2005年3月28日

诗文报国未图名，

苦尽甘来大作成。

夫唱妇随情义重，

追求不止慰平生！

摘樱
（七绝）

2005年6月20日

胭红粉翠半云遮，

玛瑙樱珠挂满坡。

沐浴朝晖飞雾里，

山泉伴旅笑声多！

自注：

诗取七绝第一种平仄格式。
韵脚在《诗韵集成》下平声八庚，一韵通。
题解：此诗为长篇小说《藏地燃情》（原稿题为《世界屋脊上的丰碑》）初稿写成有感而作。

自注：

诗取七绝第一种平仄格式。
韵脚在《诗韵集成》下平声五歌通麻通押。
题解：2005年6月19日游大连西郊樱桃园，摘樱游山观感。

乔迁
（七绝）

2005年8月18日

九九重阳喜宴开，

乔迁富丽美楼台。

爷称庆幸超时代，

儿笑欢欣敬酒来！

自 注：

诗取七绝第二种平仄格式。
韵脚在《诗韵集成》上平声十灰，一韵通押。
题解：子女乔迁新居是全家的喜事。不管房子如何，只要有了他们自己的一个窝，做父母的也就满意了。

文苑
（七绝）

2005年9月8日

著书立说喜直言，

文苑呜咽酷也难。

阿狗阿猫休捣乱，

文心有志勿轻闲！

自 注：

诗取七绝第一种平仄格式。
韵脚在《诗韵新编》十四寒，一韵通押。
题解：此诗起于观影视与阅报有感。常与先生谈论，颇感难言，久之便归纳几句成篇，或有不妥还可讨论。

韩雅秋诗词集

搏击 ——孙菊写照
（七绝）

2005年9月16日

搏击商海自风流，

桨上争锋誓不休。

汗水扬花方俊秀，

迎来掌舵在潮头！

自注：

诗取七绝第一种平仄格式。
韵脚在《诗韵集成》下平声十一尤，一韵通押。
题解：走出校门便怀揣理想，设定目标，奋力拼搏，终于小有成绩，令长辈欢欣，因写此诗以记。

中秋
（七绝）

2005年9月18日于大连

中秋赏月醉心头，

户户团圆结九州。

脉脉温情夸口秀，

天山明月自风流！

自注：

诗取七绝第一种平仄格式。
韵脚在《诗韵集成》第十二部平声十一尤，一韵通押。
题解：此诗是写给本单位组织上的，我退休后来大连养老，单位年年中秋都寄月饼，不忘外地养老同志，这份情谊很感人。下附原信如后，供参阅。
乌鲁木齐市邮局退管科：各位同志，你们好！值此中秋佳节前夕，接到单位寄来的慰问信暨甜美的月饼，深感组织的关怀情真意切！激动之情无以名状，谨致一首小诗，聊表谢意！

迎国庆
（七绝）

2005年9月30日

环渤竟夜睃渊溟，

半岛国门看两楹。

四海普天迎国庆，

明珠炬照九州隆！

庵尼失度
（七绝）

2005年12月7日

天地生成造化工，

人前耄耋似途穷。

庵尼失度因薄幸，

肉眼凡胎岂识荆！

自 注：

诗取七绝第一种平仄格式。
韵脚在《诗韵集成》十七庚、十八东通押。
睃：suō 梭；另发音 jùn，看，看一看。（见辞海2017页）
题解：诗写迎国庆的盛况，象征着繁荣、兴盛。细看山东、辽宁两半岛，捍卫着国家大门，相对应互相照应着，保卫着首都暨国家的安全，令人无限欣慰。

自 注：

诗取七绝第二种平仄格式。
韵脚在《中华新韵》十八东转庚通押。
题解：一位老尼毕生修行，望脱凡胎而羽化仙去，她的苦行感动上苍，因派一位神仙下凡，试将她度化成仙。神人扮作一位老丑的乞丐，来到她庙前讨饭，正逢她心情不愉快，拒绝了这次善举。那神仙离去时念了两句诗："……庵尼失度因薄幸，肉眼凡胎岂识荆！"说罢飞身登云而去，待那尼姑回过味来，悔之晚矣。

贩黄
（七绝）

2005年12月28日

奸诈人心卖祖茔，

黄书暗度入心灵。

堆积文字无非性，

心地沾污百怪生！

摇乐梦
（七绝）

2006年1月13日

邪风秽气漫西东，

腐臭凌窗染碧空。

童稚无知摇乐梦，

钟情魔幻恨终生！

自 注：

诗取七绝第二种平仄格式。
韵脚在《诗韵集成》下平声九青通押。
贩黄：即出卖祖宗、出卖人格良心，与贩毒无异。
题解：现在商业领域造假，文化艺术领域贩黄，黄毒泛滥，害人不浅！国家已经高高亮出"扫黄打非"的旗帜，有识之士应该共襄义举，对黄毒窝点一举歼灭之！

自 注：

诗取七绝第一种平仄格式。
韵脚在《中华新韵》十七庚、十八东通押。
题解：传统的中国民族歌舞，已经被黄色歌舞摇滚乐所取代，这是反常的！热衷于搞这种肚皮舞的人，在中国人的心中永远也成不了气候！

名人舌贱
（七绝）

2006年2月3日

银屏卖俏未知羞，

滥侃空谈面九州。

万贯身家凭露肉，

名人舌贱也嫌馊！

自 注：

诗取七绝第一种平仄格式。
韵脚在《中华新韵》十二侯一韵通。
题解：现在银屏展现风气不好，卖俏、黄、露、馊，甚至透着臊气！这样说话也可能有人不满，甚至会骂出来，那就骂去吧！自古有一句话：邪不压正！

小区趣闻
（七绝）

2006年5月2日

小区芳草绿参差，

前后阳台看插花。

喜鹊双双逐上下，

妇随夫唱是谁家！

自 注：

诗取七绝第一种平仄格式。
韵脚在《诗韵集成》下平声六麻，一韵通押。
题解：小区楼群内绿地鲜花，和光日下，业主们老人儿童出出入入，不时有柔美的歌声传出窗外……静中生动、动中有静，一派安乐景象，令人有感。

提醒
（七绝）

2006年6月1日

生儿生女望成龙，

万苦千辛抚育情。

溺爱生成私欲重，

老来无孝也心疼！

自注：

诗取七绝第一种平仄格式。
韵脚在《中华新韵》十八东、十七庚通押。
题解：现在由于家长的溺爱，使子女不知不觉地走入死胡同。多少教训让人痛不欲生，作此诗谨望给年轻人提个醒，绝无训诫人之意。

纯真
（七绝）

2006年6月22日

无私大爱信纯真，

大作源头必在心。

众口和谐人有信，

诗文盼就盼知音！

自注：

诗取七绝第一种平仄格式。
韵脚在《诗韵集成》下平声十二侵通真通押。
题解：诗要作得好，首先是要作得真。所谓"真"即必须是发自内心的，即讲真话。真话是从心里到口里讲出来的，但根本上是来自生活，来自社会实际。

经成黄卷
（七绝）

2006年7月3日

经成黄卷出名山，

知己相逢识古贤。

论政谈诗无诲倦，

新知如故展童颜。

夏夜大连
（七绝）

2006年7月16日

清风七月大连湾，

消夏游人夜未眠。

灯火烟波相眷恋，

八方来去客流连。

自 注：

诗取七绝第一种平仄格式。

韵脚在《诗韵集成》上平声十五删转先通押。

新知如故：迁居到一个新的小区，先生不久就有了一些谈论古诗文的朋友。看他们激情满怀的样子，争论得很认真，不免令人讪笑。

自 注：

诗取七绝第一种平仄格式。

韵脚在《诗韵集成》上平声十五删转一先通押。

海湾酷夏
（七绝）

2006年8月19日

波平如镜跃蛟龙，

戏谑游人阵雨倾。

海阔天空无止境，

心胸开阔有前程！

上文坛
（七绝）

2006年9月13日

少小难成世事非，

中年颠沛气无灰。

老来欲上文坛会，

敢向长天作鸟窥！

自 注：

诗取七绝第一种平仄格式。
韵脚在《诗韵新编》十七庚、十八东通押。
题解：大海之滨，阵雨里的游客们激情满怀。细微的雨滴，不但不能阻止游人的兴趣，反而更加激起了游人们百倍的诗意！

自 注：

诗取七绝第二种平仄格式。
韵脚在《诗韵新编》八微，一韵通押。
题解：现代社会提倡老有所学，学有所成，所以两个人决定学点文字方面的爱好，如诗歌、小说什么的，久而久之多少也能有点成绩。

小女乖

（七绝）

2006年9月30日

母爱凝成秀女钗，

心生孝悌祉福来。

消灾念祖阴功在，

荫庇恩德坐满怀！

自 注：

诗取七绝第二种平仄格式。

韵脚在《词林正韵》第五部平声九佳（半）、十灰（半）通押。

题解：自家的孩子们是孝顺的，究其原因，是他们把奶奶信善的事牢牢记在心上。不过应该说清楚，子女孝心，不完全表现在物质上，精神上的孝心也是不可或缺的。

观影视暨写作感受

（七绝）

2006年10月25日

万宝珍珠主线连，

感人故事动心弦。

语言动作多悬念，

画面合成孕内涵。

演艺人员无困难，

镜头主创有欢颜。

气氛成就情生恋，

口角留香话百年！

自 注：

诗取七律第二种平仄格式。

韵脚在《中华新韵》十四寒，一韵通押。

题解：诗题已明确指出是"感受"。说到感受归纳起来不外乎两种，暨褒与贬，前边在某些感受上贬斥较多，此诗算作褒奖，或者说是希望吧！

老骥征途

（七绝）

2006年11月5日

老骥征途有所怀，

昌风突雨履悠哉。

前程冷暖无妨碍，

伯乐终归识马才！

自 注：

诗取七绝第二种平仄格式。
韵脚在《诗韵新编》九开，一韵通押。
题解：俗话说"老马识途"，就是比方人老了经验多了，就更懂得生活，往往更加珍惜光阴。只要身体好，或者不怕艰难困苦，干劲更大，信心更足，成绩自然会有的。

共逆舟

（七绝）

2006年12月8日于大连

英雄苍海泛潮头，

逆水横舟壮志酬。

大雅斯文无老朽，

作文疑似售其奸！

自 注：

诗取七绝第一种平仄格式。
韵脚在《诗韵集成》下平声十一尤，一韵通押。
题解：与先生合著长篇小说《藏地燃情》出版感受很深，并非写作技巧等事，最主要的应是年龄较大的人，面对社会诸多症结而不顾，拿得起放得下说干就干，顽强拼搏的精神，使我深受感动。因写诗互相鼓舞。

贺烟大轮渡通车
（七绝）
2006年12月13日

国门静夜月无宁，

烟大环渤看两楹。

际会风云搏海外，

明珠炬照闹鲲鹏。

自注：

诗取七绝第一种平仄格式。
韵脚在《诗韵集成》下平声八庚通青、蒸通押。
烟大：烟台、大连。

耳顺豪情
（七绝）
2006年12月16日

流年耳顺叙豪情，

万代书香漫继承。

祈祷人生成美梦，

天教康健此心灵！

自注：

诗取七绝第一种平仄格式。
韵脚在《诗韵集成》下平声八庚、九青、十蒸通押。
题解：我知道先生的为人与个性，决心做的事，是谁也拦不住的。只好陪着干就是了。没想到，我们居然有了一定的成绩……

《藏地燃情》出版有感
（七绝）

2006年12月18日

大鸟斯文在一鸣，

怀书裁句会高明。

人生得志知荣幸，

顿改门风慰祖灵！

自 注：

诗取七绝第二种平仄格式。
韵脚在《中华新韵》十七庚，一韵通。
题解：公公在世时总希望儿孙们好好学习文化，只有文化人才能改换门风。公公去世后先生一直在努力，现在先生连续出书，门风可算改变了一些……

共度
（七绝）

2006年12月19日

山川历历漫游人，

意气悬悬半世心。

自信人生多好运，

夫妻共度有明春！

自 注：

诗取七绝第一种平仄格式。
韵脚在《诗韵集成》下平声十二侵通真通押。
题解：此诗为长篇小说《藏地燃情》出版发行有感而作。作书是要耗费许多精力的，特别是年龄大一点的人要更累些，要做好这件事离不开俩人的协调。

同学少年
（七绝）

2007年4月8日

忠心保国爱中华，

杓柄千秋事可夸。

同学少年人伟大，

诸君后世奈何他！

少年感怀
（七绝）

2007年6月1日

少壮求知可造才，

胸怀时代有将来。

民族事业多豪迈，

百卷诗篇寄我怀！

自 注：

诗取七绝第一种平仄格式。
韵脚在《诗韵新编》一麻，一韵通押。
题解：央视播出《恰同学少年》，歌颂老一辈革命家少年时代的生活故事。内容真实，生动感人，令人信服。感染力很强，值得称道！

自 注：

诗取七绝第二种平仄格式。
韵脚在《中华新韵》九开，一韵通押。
题解：青少年是民族的未来。记得解放初期我在小学课本里学到这样几句话：我国文化事业的方针是"民族的、科学的、大众的"文化路线，至今我想不明白，这种方针有什么错误？

感怀平型关大战

（七绝）

2007年9月28日

铁流万里固长城，

抗战中原爱国情。

华夏人民筋骨硬，

倭贼遍野腐尸横！

习儒乐

（七绝）

2008年4月16日

默默耕耘成白鬓，

深藏情蕴度年华。

愿心晚发吟千首，

不为咱家为大家！

自 注：

诗取七绝第一种平仄格式。
韵脚在《诗韵集成》八庚，一韵通押。
题解：难道美国人能忘记珍珠港事件吗？日本人会忘记广岛的原子弹爆炸吗？如果这两国人民的回答都是一样的——不能，那么我们就有权力说一句：己所不欲，勿施于人！

自 注：

此诗取七绝第四种平仄格式。
韵脚在《诗韵集成》下平声六麻，一韵通押。
题解：这首诗是写给先生的。看他从文用心良苦，让人不忍说他。只好写首小诗就法让他反思。

育慧
(七绝)

2008年7月17日

育慧无才怨老天,

平民望眼暗心寒。

独生子女人娇惯,

一白公平左右难!

自注：

诗取七绝第二种平仄格式。

韵脚在《诗韵集成》下平声一先转寒通押。

题解：电视剧《名校》育慧理科班主任张一白是一个有思想、有能力，头脑清醒的教育工作者。他在管理中遇到的几个问题学生，但他找到了"独生子女"这个根源，这是个普遍性的问题。

勉阿飙
(七绝)

2008年10月28日

狂飙骤雨降天山,

善解恩情孝在先。

奋斗人生磨利剑,

前程苦战扫风烟!

自注：

诗取七绝第一种平仄格式。

韵脚在《诗韵集成》上平声十五删转先通押。

题解：人说经历就是财富，我想换个说法或更好些。经历实质就是才智，智慧。你虽然年纪不大，经历可算不少了。只要坚持干下去，总有一天会碰到机会的。

为夫秀
（七绝）
2007年4月8日

绿水青山半世游，

生儿育女苦追求。

一心和睦为夫秀，

斗室从文爱自由。

自 注：

诗取七绝第一种平仄格式。
韵脚在《诗韵集成》下平声十一尤，一韵通押。
题解：自古以来女人相夫教子，早已成为中华传统文化的一部分。苦则苦哉，乐则乐也。要想做个称职的女子，量力而行，认真去做就是了！

问责
（七绝）
2009年7月7日

东突闹事众心寒，

经济亏空老大难。

坏事庸官人情滥，

问罪无为找乐泉！

自 注：

诗取七绝第二种平仄格式。
韵脚在《诗韵集成》上平声十四寒转先通押。

诗意
（七绝）

2009年11月12日

埋头故纸久深沉，

几日连天不出门。

月下激情忽亢奋，

一朝诗意可销魂。

自注：

诗取七绝第一种平仄格式。
韵脚在《中华新韵》十五痕，一韵通押。
题解：一首诗几句话，说来简单，作起来难。写文字东西，说难就难在起笔落墨后就固定焉了。如果字、意出了毛病，后果就不堪设想。

梁灏之智
（七绝）

2009年12月5日

长篇故事费寻思，

回首人称类史诗。

拙作新风无粉饰，

方知梁灏智无痴！

自注：

诗取七绝第一种平仄格式。
韵脚在《诗韵集成》上平声四支，一韵通押。
题解：《三字经》有"若梁灏，八十二"两句，言梁灏参加科举考试，屡次落榜。但他坚持努力奋斗不懈，直到八十二岁，他考中状元。这比方人年龄虽大，智慧不减之意。这首诗是先生在写作长篇小说《染色灵魂》过程中，写给他的。

祭祖
（七绝）
2010年4月5日

心怀沉重过清明,

不肖儿孙祭祖翁。

尊嘱瞑传今复命,

儒商已改我门风!

自注:

诗取七绝第一种平仄格式。
韵脚在《中华新韵》十七庚，一韵通押。
题解：随着社会的发展，千家万户都在改变。我家亦不例外……值得告慰的一点是，不管在物质文明与精神文明上，我们已彻底改变了过去贫穷落后的面貌。后人净永远生活在和谐幸福的社会之中，这里的"门风"既我家也象征着大家。是"大我"绝非"小我"也。

今春风雨
（七绝）
2010年4月9日

风雨今春过灌坛,

摧枯拉朽散云天。

太公邑外谁曾见,

山水温柔带笑颜。

自注:

诗取七绝第二种平仄格式。
韵脚在《诗韵集成》下平声一先转寒、删通押。
题解：昔太公曾为灌坛令。东海神女欲过境恐毁文王之德，故特请文王召太公避过三日……届时果有疾风暴雨从太公邑外过。文王、太公之德听则未见，然今春以来党和国家，反腐倡廉、扫黄打非、治理整顿大见成效，确有摧开腐云，以见青天之势。

寄画师吴冠中
（七绝）

2010年6月27日

画作惊人技望尘，

凛然正气有余音。

诗情画意今方信，

高手挥毫见匠心。

生机
（七绝）

2010年7月8日

环球旋转复东西，

旭日归来暖我居。

朵朵鲜花扬正气，

勃勃万物有生机。

自 注：

诗取七绝第二种平仄格式。
韵脚在《诗韵集成》下平声十二侵通真通押。
题解：2010年6月27日见报载画家吴冠中逝世的报道文章暨画作等，足见其人格高大，令人敬仰。

自 注：

诗取七绝第一种平仄格式。
韵脚在《诗韵集成》上平声四支、五微、八齐通押。
题解：亲家母请司机送来几盆盛开的鲜花，先生议论赞不绝口，我亦观花有感，因写小诗一首自娱。生活顺心，一点小事也能引起人的愉快心情，并时常能引起对社会生活的满意度。

咏珠蚌晶雕
（七绝）

2010年7月19日

玲珑剔透水晶船，

珠蚌渔争系自然。

瑰宝临门原少见，

亲情万国孝为先。

自 注：

诗取七绝第一种平仄格式。
韵脚在《诗韵集成》下平声一先，一韵到底。
题解：今日小女送来珠蚌晶雕一座，先生喜欢至极。我亦激动不已，随写小诗一首以记。

迷你杯啤酒节
（七绝）

2010年7月28日

千红万艳乐交杯，

酒色迷人喜雨飞。

老少欢肠寻滥醉，

商家笑破肚皮归！

自 注：

诗取七绝第一种平仄格式。
韵脚在《诗韵新编》八微，一韵通。
题解：啤酒节，在前几年还是件新鲜事，很多老少都喜欢凑凑热闹。现在人们有些看不惯了，啤酒大棚越搭越大，整个中心广场占掉了，节前节后都要戒严。一切的一切都不顾了，商业利益就是一切，啤酒节变味了！

感日本撞我渔船扣渔民（七绝）

2010年10月初

捍卫东方大国门，

倚天剑举祭冤魂。

东条裔盗如寻衅，

甲午仇深报后人！

朝气（七绝）

2010年10月21日

朝气蓬勃事业忙，

半生辛苦已平常。

光阴体力应相仿，

福瑞时光日久长！

自注：

诗取七绝第二种平仄格式。
韵脚有《诗韵集成》上平声十三元转真通押。
题解：前清政府中堂李鸿章曾称日本为"弹丸小国"，但是，正因为它小，更有危机感。每日每时都想扩大疆域，侵略别国领土。因此，对日本国的法西斯亡灵，不可小视……

自注：

诗取七绝第二种平仄格式。
韵脚在《诗韵集成》下平声七阳，一韵通押。
题解：先生离开工作岗位后，长期以来，比上班还忙，说也不听，借过生日机会以小诗一首相劝，或多少管点用，也未可知！

——感"人……"牌
（七绝）
2010年12月20日

风流时尚看连年，

目不暇接审大全。

花样翻新熬炒遍，

出名鸡犬也值钱！

自注：

诗取七绝第一种平仄格式。
韵脚在《诗韵集成》下平声一先，一韵到底。
题解：顾名思义，这首诗就是对用人的手段推出的品牌（包括所谓名人，新秀），有不少也还可以，但其中也确实有些不合格。比如一次有两个青年女人，被电台作节目的主持人请上台谈青年婚姻问题，她说："女人一年半一个轮回！"……看来这种人，就和动物发情期差不多远了！

不悯寄生
（七绝）
2011年1月5日

不悯人间有寄生，

辛勤懒惰也分清。

豪夺巧取恣睢外，

安乐康庄靠自营！

自注：

诗取七绝第二种平仄格式。
韵脚在《诗韵集成》下平声八庚，一韵到底。
题解：对勤劳致富者，任何时候都是应该受到尊重的。但是靠造假诈骗，暴利盘剥者，国家应该运用法律予以干预。

涧水情怀
（七绝）

2011年6月22日

人间诗意爱青春，

涧水身轻戏我吟。

深远情怀尤振奋，

轻描淡写总舒心！

星海湾之夜
（七绝）

2011年9月3日

绿地鲜花布满街，

游人广场夕阳斜。

万家灯火通明夜，

海浪潮头乐也偕。

自 注：

诗取七绝第一种平仄格式。
韵脚在《诗韵集成》下平声十二侵通真通押。
题解：先生诗集的自序中有一首诗题名为"涧水"，参加中国作协时，他给自己定的笔名就叫涧水。久而久之，对涧水的含意，我总算有了一定的了解，随写此诗。

自 注：

诗取七绝第二种平仄格式。
韵脚在《中华新韵》四皆，一韵通押。
题解：第22届大连服装节暨狂欢节在大连星海湾广场启幕。寓商于乐，也能赢得群众欢迎。

历史的凶残
（七绝）
2011年9月11日

南京惨案三十万，

倭寇杀人胆气寒。

世贸之危身手软，

高楼恐怖死三千！

自 注：

诗取七绝第二种平仄格式，首句不入韵。
韵脚在《诗韵集成》上平声十四寒转先通押。

天宫一号发射成功
（七绝）
2011年9月29日

天宫游戏我方来，

志在嫦娥入月怀。

大限空间三界外，

为飙世外扫尘埃！

自 注：

诗取七绝第一种平仄格式。
韵脚在《诗韵新编》九开，一韵通押。
题解：30日《参考消息》外电纷纷报道，9月29日中国的天宫一号目标飞行器，在北京时间周四21时16分于中国甘肃酒泉卫星发射中心升空。媒体暨专家介绍，此次的发射是为建立空间站搭桥铺路。

五绝

幸福
（五绝）

1964年3月10日于沈阳204

春风迎劲草，

瑞雪知春晓。

挚爱自心生，

幸福防飘渺！

生存
（五绝）

1967年5月29日于乌鲁木齐（新大）

生存路不平，

万事千中成。

苦难多磨炼，

人能我也能！

自 注：

诗取五绝仄韵体格式。
韵脚在《诗韵集成》去声十九皓、十七条通押。
题解：此诗是说爱情与幸福感受的，一点常识性的家常话，不一定准确，只能算作一种善意的交流。

自 注：

诗取五绝第四种平仄格式。
韵脚在《诗韵集成》下平声八庚通蒸通押。

凤仙花
（五绝）

1967年8月12日于辽宁新民

吾爱凤仙花，

嗟呀百性夸。

村姑尝染指，

撒籽暴身家。

自注：

诗取五绝第三种平仄格式。
韵脚在《诗韵集成》下平声六麻，一韵到底。

梦笔
（五绝）

1968年8月12日于乌鲁木齐

万物描不尽，

钟情话哪家？

难言人事雅！

梦笔巧生花。

自注：

诗取五绝第一种平仄格式。
韵脚在《诗韵集成》下平声六麻，一韵到底。
梦笔：从写作上来说，有梦境、想象的意思。写作是离不开想象的，想象是描写的翅膀，更是写作能力的表现。

今生
（五绝）

1968年12月28日

今生能自立，

练笔画风情。

天地频激励，

矜夸我性灵！

慧眼
（五绝）

1971年元旦于乌鲁木齐

玉在石中孕，

珠身隐蚌瓢。

人才何处找？

慧眼识潜蛟。

自 注：

诗取五绝第二种平仄格式。
韵脚在《诗韵集成》下平声八庚通九青通押。
题解：此诗系对个人之人生的一种回味，小有满足，却无大志，只是一种平和心态的流露罢了。

自 注：

诗取五绝第一种平仄格式。
韵脚在《诗韵集成》下平声二萧、三肴通押。
慧眼：慧眼者不仅仅识蛟，珠蚌也不能忽略。大有大的能量，小有小的用途，互补性更强。

春秋日日吟
（五绝）

1973年5月18日于乌鲁木齐

爱恨似琴心，

春秋日日吟。

诗心怀广宇，

发作在情深！

感人和事
（五绝）

1974年5月16日于乌鲁木齐

事贵有协和，

人成玉自磨。

禹尝一世苦，

博得启先河！

自注：

诗取七绝第一种平仄格式。
韵脚在《诗韵集成》下平声十二侵通真通押。
题解：这里说的是作诗时的一点粗浅感受，或许有些夸张。

自注：

诗取五绝第三种平仄格式。
韵脚在《诗韵集成》下平声五歌，一韵到底。
题解：这首诗是借人说事。大禹治水的故事，为祖国人民谱写出中华民族治水利民的榜样。现在说此事讲古喻今，是提醒人该如何肩负责任走正道的意思。

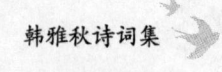

清明

（五绝）

1976年4月5日于乌鲁木齐

上天云蔽日，

下地岩浆炽。

中有不平心，

几多难处事！

自注：

诗取五绝仄韵体格式。

韵脚在《诗韵集成》去声四寘，一韵通押。

题解：清明节，人们怀念周总理自发到天安门广场人民英雄纪念碑前献花圈，遭到"四人帮"的迫害，举国上下皆不平……

同心

（五绝）

1977年6月28日于乌鲁木齐

说为公众意，

歌舞民族戏。

正面抵黄风，

同心凝正气！

自注：

诗取仄韵律绝格式。

韵脚在《诗韵集成》去声四寘通未通押。

同心：这里指思想、看法、价值观等相同，同心同德。

老公
（五绝）

1983年2月11日于乌鲁木齐

人间有酷男，

事业喜登攀。

家国双重恋，

平生苦也甜！

自 注：

诗取五绝第四种平仄格式。
韵脚在《中华新韵》十四寒，一韵通押。

礼乐文明
（五绝）

1985年2月5日于乌鲁木齐

文明感地天，

礼乐润心田。

默化时时在，

潜移自蔚然。

自 注：

诗取五绝第四种平仄格式。
韵脚在《诗韵集成》下平声一先韵部，一韵到底。
潜移：文明的传承总在潜移默化之中。尽管社会各阶段制度不同、法制有别，但在文化和文明上永远不被切断！

庭苑
（五绝）

1986年7月25日于乌鲁木齐

莺鸣翠柳间，

相与意缠绵。

不似无知雀，

喳喳闹不闻！

自 注：

诗取五绝第四种平仄格式。
韵脚在《诗韵集成》上平声十五删转先通押。
题解：这里说的是闲适的情致，并非指某种具体的对象。

先生生日有感
（五绝）

1987年9月14日于乌鲁木齐

天生八恺才，

与善俱元来。

涉世为孺子，

无思结绶槐。

自 注：

此诗为五绝第四种平仄格式。
韵脚在《诗韵集成》上平声十灰，一韵到底。
孺子：鲁迅有"俯首甘为孺子牛"句，这里指为普通群众做事，从中得到乐趣。
槐：按古代外朝植三棵槐树，三公位在其下，后为三公的代称。《宋史·王旦传》"祐（王祐）"手植三槐于庭曰："吾之后世必有为三公者，此其所以志也。"后王祐旦作了宰相……后人把植庭槐喻为作高官。

娱乐
（五绝）

1989年5月27日于乌鲁木齐

娱乐乐人民，

开心不诲淫。

千金聆一曲，

歌舞近谁人？

我之人生
（五绝）

1990年11月22日于乌鲁木齐

人生四海游，

波浪总堪忧。

志在迎风雨，

无思似水流！

自注：

诗取五绝第三种平仄格式。
韵脚在《诗韵集成》下平声二十侵通真通押。

自注：

诗取五绝第四种平仄格式。
韵脚在《诗韵集成》下平声十一尤，一韵到底。
题解：年青时起便随先生自愿援疆赴西北工作，我们与人不同的是逆流多，顺风顺水少！

春情
（五绝）

1991年4月28日

春风意气浓，

百鸟品千红。

旦得知人性，

妖桃寄有情！

丽日
（五绝）

1992年3月29日于乌鲁木齐

反腐有决心，

民归爱国人。

今天何朗朗？

丽日已无祲！

自注：

诗取五绝第四种平仄格式。
韵脚在《中华新韵》十七庚、十八东通押。
题解：春花盛开，万物峥嵘。人秉七情，见物斯感。这首诗是把自然与人的关系，连接起来产生的种种想象……

自注：

诗取五绝第三种平仄格式。
韵脚在《诗韵集成》下平声十二侵通真通押。
祲：jīn 今，古人说的吉祥气象。

游西湖感浪漫之旅
（五绝）

1994年4月于杭州

柳浪闻莺泣，

三潭印月低。

断桥人远去，

借伞惹悲凄。

黎明
（五绝）

1997年8月11日于大连

旷野已黎明，

无听犬吠声。

清洁山苑里，

晨练满滨城。

自 注：

诗取五绝第一种平仄格式。
韵脚在《诗韵集成》上平声八齐，一韵到底。
借伞：《白蛇传》中有许仙借伞之故事，这里借喻眼底所见情侣们的放荡形骸。

自 注：

诗取七绝第三种平仄格式。
韵脚在《诗韵集成》下平声八庚，一韵到底。

赞京戏《沙家浜》
（五绝）
2002年2月15日

芦荡浪濯缨，

刀枪我自横。

杀声犹凛凛，

日寇也哀鸣！

自 注：

诗取五绝第三种平仄格式。
韵脚在《诗韵集成》下平声八庚，一韵到底。
濯缨：zhuó，是冲洗；yīng，穗子，盔缨，枪缨之类。浪濯缨：是在风浪中战斗搏击之意。
题解：此诗系观天津小女孩刘原原唱《沙家浜》选段，甚是可爱，有感而作。

春
（五绝）
2002年5月25日

春风清物议，

醪酒醉心吟。

美梦随时有，

瞧君别故人！

自 注：

此诗取五绝第二种平仄格式。
韵脚在《诗韵集成》下平声十二侵通真通押。
醪：láo（牢）汁渣混合的酒，即酒酿。

夏
（五绝）

2002年5月25日

夏日多晴雨，

阴凉趁势多。

芳心知昼暖，

醉眼自狂歌！

秋
（五绝）

2002年5月26日

秋高天气爽，

收获满厅堂。

区社无饥苦，

官员笑脸扬！

自注：

此诗取五绝第一种平仄格式。
韵脚在《诗韵集成》下平声五歌，一韵到底。

自注：

此诗取五绝第二种平仄格式。
韵脚在《诗韵集成》下平声七阳，一韵到底。
题解：此诗为参加秋收有感。

冬

（五绝）

2002年5月26日

今冬暴雪多，

恐怖动干戈。

世界谁偏袒？

巴方惨折磨！

自注：

诗取五绝第四种平仄格式。
韵脚在《诗韵集成》下平声五歌，一韵到底。
题解：感巴勒斯坦战事……

庙盗

（五绝）

2003年5月19日

安危时报到，

予老惊心跳。

财色险情高，

大防防庙盗！

自注：

诗取仄韵五绝体。
韵体在《词林正韵》第八部去声十八啸、二十号通押。
题解：庙盗，查字典还找不到这个词。而庙字注颇多。下自关帝庙、家庙、王族宗庙，最高至皇朝太庙。庙字后加盗，即庙宇遭遇强盗。此处所说庙盗，非指小盗，单指窃国大盗类。草民此诗是保卫庙堂，谨防庙盗之虑。

国运
—— 寄"六一"儿童节兼示儿孙（五绝）

2003年6月1日

国运寄童心，

教儿重己身。

一生成大器，

从小学为人。

絮语
（五绝）

2008年元月18日

人生心有路，

著述盈庭树。

自信佐前途，

青春能续驻！

自注：

诗取五绝第三种平仄格式。

韵脚有《诗韵集成》下平声十二侵通真通押。

从小学为人：俗话说："从小看大，三岁至老。"由此可以看出，对孩子要从小就严要求，孩子长大反而感谢老人的。相反，后果就没老没少了！

自注：

诗取仄韵五绝体格式，此体古诗中亦较少见。

韵脚在《诗韵集成》去声七遇，一韵通押。

题解：在五言诗中，仄韵绝句虽少，佳作却是有的。如平民诗人孟浩然的那首《春晓》，就是千古绝唱。笔者此诗是与先生议论时突然产生的一点感想，为互勉而作。

词

送君援藏
（卜算子）

1970年10月10日于乌鲁木齐

万里别君愁，天路山呼号，即刻登车泪水流，儿女双双抱。

风险是山高，飞雪埋人道，鼓乐喧天话哽喉，还要强装笑！

自注：

宋代北方盛行此小令。双调四十四字，上下片各两仄韵。
韵脚在《词林正韵》第八部仄声十九皓、十八啸、二十号通押。
题解：1970年10月先生响应号召，志愿赴西藏阿里援藏，未与本人商议，临行有感。

送别
（酷相思）

1970年10月11日于乌鲁木齐

闹市街头人乱走。别灞柳，非西口。赴边寨平生思已久。援藏去、凭操守。家国保、边关守。

盛世纷纭才八半。少壮志，同携手。有福祸同当及怨偶。空户牖、心无垢。人两地、名无垢！

自注：

词牌《酷相思》，双调，六十六字，上下片各四仄韵，一叠韵，八言句首字以去声字领下七言。

韵脚在《词林正韵》第十二部仄声上声二十五有，一韵通押。

题解：此词系先生援藏时为妻携儿女送别时有感而作。

爱之河
（长相思）

1975年8月23日于乌鲁木齐

狮泉河，象泉河，情爱纠缠天暖和，别来故事多。

爱之魔，恨之魔，爱恨情仇着鬼摩，人生可奈何。

自 注：

此词又名《双红豆》，唐教坊曲，双调小令。三十六字，前后片各三平韵。
韵脚在《词林正韵》第九部平声五歌（独用）。
题解：狮泉河在西藏阿里地区，近几年来援藏人员越来越多，往来关系自然更加密切，故事多的数也数不清。……最近又有一对很相爱的伴侣离婚了，很是惋惜，因写小词一首记之。

援藏（三首）
（十六字令）

1976年7月29日于新民

难！

援藏痴心忘后园。

君须念，

两地苦熬煎。

难！

风雪连珠大气寒。

归来远，

望月几时圆？

难！

"活寡"谗言说恨缘。

情无险，

团聚意绵绵！

自注：

此词又名《苍梧谣》《最字谣》，十六字，三平韵。

韵脚在《词林正韵》第七部十三元、十四寒、一先通押。

题解：先生自愿去西藏阿里工作已六年，因工作需要不能常回来探家。我回沈阳、新民两地探望老人……在新民有个人对我亲戚说："你们家大嫂也太老实了，你大哥这么多年不回来，这不是让人'守活寡'吗？"这话让婆母听到了，婆母说："你不要听她们瞎说……"

和先生虽然长期分居，这是工作需要，国家需要我们奉献，没有怨言，我从来没有"守活寡"的念头，这种话由自家人口中说出我很惊讶，很悲愤。因为我工作、生活周围人们对我都很热情、尊重……

荒谬
（如梦令）
1978年5月于乌鲁木齐

一别八年如旧，每次说回推后。儿女问根由，总是理由宽宥。浑透！浑透！进步得来荒谬！

自注：

此词又名《忆仙姿》、《宴桃源》，五代后唐庄宗（李存勖）创作。《清真集》"中吕调"格。三十三字，五仄韵，一叠韵。

韵脚在《词林正韵》第十二部仄声部上声二十五有、去声二十六宥通用。

题解：这首词写的是先生自愿去西藏阿里地区工作，几次可以调回内地，他都把机会让给别的同志，总是说工作需要。作为女主人的苦乐心声，人分两地，心在一处的滋味可以想见的！

援藏春秋
（醉花阴）

1978年10月1日于乌鲁木齐

万里分居艰苦够，梦寐悠思瘦。转眼又中秋，无尽无休，房冷人衣旧。

八年醉眼心凉透，有感多荒谬。福在苦中求，忍耐无愁，雁旅归来后。

自注：

谱式依《全宋词》为小令，其定格以《漱玉词》为准。五十二字，前后片各三仄韵。五、七言均为律句。

韵脚在《词林正韵》第十二部仄声部上声二十五有；去声二十六宥通用。

够：在《词林正韵》去声二十六宥中写为"彀"。在《同音字典》中"彀"和"够"相同。

题解：先生自愿援藏赴阿里工作。其路程远隔万里，环境艰苦异常。革命需奉献，一般人都会说，只有碰到自己头上时，感受或更加深刻。但我决不是消极，"福在苦中求"，说明我还有幸福感嘛！

说红牛

（长相思）

1980年5月1日于乌鲁木齐

说红牛，怨红牛。公务离家自主游，

无知黄马愁。

情悠悠，患悠悠。万里分居梦里忧，

几时苦到头！

自注：

此词又名《双红豆》，唐教坊曲，双调小令。三十六字，前后片各三平韵，一叠韵。韵脚在《词林正韵》第二十部平声十一尤（独用）。

题解：先生属牛，本人属马。按迷信说法，属象不投，本不适合成婚的。可是婆母说，她请算命先生算了，牛与马不相投是说"白马怕青牛"，而先生属红牛，自己属黄马，由于毛色相投就不犯忌了，而且"一辈子不少饭吃！"这里讲的是神话，即题外话，只是说红牛、黄马是两个人的代称。

关于词中所说："公务离家自主游"，是指先生自愿报名援藏赴阿里工作（1970年9月自己在单位做主未经与家里商量），让人意外感到不快……事情过去多年了，回过头来想想，年轻人到艰苦的环境多磨炼磨炼，对人生的成长还是大有益处的。

为君

（忆秦娥）

1978年10月1日于乌鲁木齐

为君恋，十年过后情无变。情无变，

时常梦见，醉心肠断。

经年累月时时盼，风风火火突相看，

突相看。别时留难，水流云散！

自 注：

此词又名《秦楼月》，见于《唐宋诸贤绝妙词选》，词格系李白作。四十六字，前后片各三仄韵，一叠韵。

韵脚在《词林正韵》第七部去声十五翰、十六谏、十七霰通用。

题解：青年时代为工作事业长期两地分居，这种生活情景往往苦乐参半，坚持下来了，也就成为人生历史上的宝贵纪念啦！

顺风扯旗，戏赠先生

（采桑子）

1980年11月23日于乌鲁木齐

鹏飞万里扶摇起，志在虹霓。志在虹霓，

世外寻机，百事仰夫妻。

足迹深远连天地，南北东西。南北东西，

经见传奇，大器看天低。

自 注：

此词又名《丑双儿令》、《罗敷媚》。唐教坊大曲有《杨下采桑》等。此双调小令，四十四字，前后片各三平韵。另有添字格，如这首词，两结各添两字，两平韵，一叠韵。

韵脚在《词林正韵》第三部平声四支、五微、八齐通押。

题解：本人以为生活中的男人，就个性而言，应该有志气，豪情满怀。青年男子也许因此而发狂。但是能够发狂的人，大多时候也会冷静与理智，总比三棒子打不出一个屁来的要有些活力。这是先生援藏归来有感而作。

教子女
（卜算子）

1983年6月1日于乌鲁木齐

教子古今同，家小人皆怕。老子身心也发麻，孩子谁听话？

感化信天生，不管由人骂。儿女顽皮教导难，只别教称霸！

自 注：

宋代北方盛行此令。双调，四十四字，上、下片各两仄韵。
韵脚在《词林正韵》第十部仄声二十二祃，一韵通押。

婆母悲歌
（一剪梅）

1984年4月5日于乌鲁木齐

婆母人生忘死活，乱世离家，苦乐于夺。

少年媳妇盼成婆，人事蹉跎，欢乐情薄。

大事临头欲礼佛。笃信阎罗，尽善招魔。

儿孙府第口食夺，网顾民间，处事悲歌！

自注：

此词双调小令，六十字，上下片各三平韵。声情低抑。
韵脚在《诗韵新编》二波、三歌通押。
题解：婆母的人生苦难多于幸福。由于旧社会世道艰难，土匪抢男霸女，婆母十五岁为避祸即被送到婆家，过的是类似童养媳的生活，其苦多多……
婆母为人本来善良，因其婆婆有病，自己发誓许下愿心，神佛如保佑婆婆病好，自己终身吃斋（素食）礼佛……
婆母一生吃斋念佛，对子女溺爱，自己舍不得吃穿，深深地损坏了健康乃至寿命……令子永远为之悲痛！

瀛台

（忆秦娥）

1987年春于乌鲁木齐

春寒雪，儿皇望断瀛台月。瀛台月，江山失色，帝王囚穴。

宫廷变故遭伐钺。天街大道人踪灭。人踪灭，列强狞笑，众心流血。

自 注：

此词又名《秦楼月》。始见黄昇《唐宋诸贤绝妙词选》，题李白作。四十六字，前后片各三仄韵，一叠韵，亦以入声部为宜。

题解：1861年清咸丰帝死，子载淳六岁即位（年号同治），其母"西太后"被尊为太后，徽号"慈禧"。与恭亲王奕訢定计杀死辅政大臣载垣等后，便开始了一系列残酷的独裁统治。她对外屈辱投降妥协，对内残酷镇压民众起义活动。

1875年同治帝死，立四岁侄载湉为帝（年号光绪），仍由慈禧太后听政。采用洋务派"自强"、"求富"政策，开办军工、训练部队，却无法消除腐败、抵御外侮。对外妥协投降，丧权辱国，先后签订一系列卖国条约。对内仇视维新变法。

1898年（光绪二十四年）慈禧发动政变，幽禁光绪帝（囚在瀛台）杀害谭嗣同等六人。1900年义和团发展至今津地区，假借义军之力反帝，八国联军入京，慈禧逃往西安。后在威逼利诱之下反下令残杀义和团，与侵略者签订了《辛丑条约》。1901年后，"实行新政"和"预备立宪"抵制资产阶级革命，后病死。

盼儿女
（朝中措）

1991年8月22日于乌鲁木齐

儿孙教导总施恩，包办不成人。自小起多磨练，苦心塑造艰辛。

尊严谨慎，不仁勿近，与善为邻。儿女追求学问，门风改盼宽仁。

自 注：

词格《宋史·乐志》入"黄钟宫"。四十八字，前片三平韵，后片两平韵。
韵脚在《词林正韵》第六部平声十一真、十二文、十三元（半）通押。

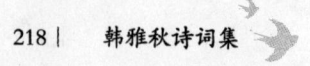

乱云
（忆江南）

1994年4月于南昌

仙人洞。难忘有威风。云雾山中曾大幸。古今赞誉享诗名。遗憾说峥嵘。

自注：

此词牌又名《望江南》、《梦江南》、《江南好》，入"南吕宫"。《望江南》始自朱崖李太尉（德裕）等人。此小令二十七字，三平韵。中间七言两句，以对偶为宜。

韵脚在《中华新韵》十七庚通东通押。

题解：有人以仙人洞山峰自比："偶尔露峥嵘"最终蜕变为历史垃圾，有累名山之清名。

祖国早
（青玉案）

1994年5月1日

天安门下天将晓，祖国早，来宾早。仰望升旗心缥缈。激情微笑，绝无干扰，圣地心无老。

伟人瞻仰知多少，崇拜之心莫须表。世界多情中国好。回头留恋，争分夺秒，拍摄传家宝。

自 注：

此词汉张衡《四愁诗》"美人赠我锦绣段，何以报之青玉案"，因取以为调名。六十七字，前后片各五仄韵，亦有第五句不用韵者。

韵脚在《词林正韵》第八部上声十七筱、十九皓；去声十八啸通押。

钱，官
（菩萨蛮）

1995年4月于乌鲁木齐

无能援得人推荐，冒充民意多温婉。命运少钱难，说来还靠权！

暗箱操作远，嘴大多偏见。瞒过众愚贤，是非皆做官！

自 注：

此词牌系小令，四十四字，前后片各两仄韵，两平韵，平仄递转。
韵脚在《词林正韵》第七部平声十四寒一先，仄声十三阮（半）、十七霰通押。
题解：从先生的从政经历中感悟到现时社会官场中的腐败与险恶。

处事为人
（浣溪沙）

1995年5月4日于乌鲁木齐

处世为人在有缘，和谐入世结人环，人间来往友情联。

肉眼无知情恋恋，纷云世事意绵绵，睽睽众目口酸酸！

自 注：

《浣溪沙》又名《山花子》，谱式依《词谱》，四十二字，上片三平韵，下片两平韵。过片两句多用对偶。

韵脚在《词林正韵》第七部平声十四寒、十五删一先通押。

题解：人从小到大，都有个成长过程。人情道德知识，由家庭到学校，学了不少。但对社会上的世事人情，矛盾斗争方面的知识几乎为零——所以从参加工作，到真正进入社会之后，必须有个再学习的过程。此后才能慢慢地融入社会生活之中。

男人经
（三字令）

1996年8月14日于乌鲁木齐

身欲正，务实精，未求名。腰杆硬，在其能。爱其衷，能自控，是钟情。

人有学，志须宏，事求成。将大幸，毕其功。后身清，如梦境，自心宁。

自 注：

此词双调小令，始见《花间集》、《张子野词》，入"林钟商"。四十八字，前后片各四平韵。

韵脚在《中华新韵》十七庚通东通押。

拟古咏菊
（南歌子）

1996年9月16日于乌鲁木齐

褒奖东篱下，凡家始自栽。古今美誉每重来，乡里人家众望爱其才。

为母凭天戴，咱家得宝钗。儿时理想见胸怀，尔父识才早见女儿乖。

自 注：

此词又名《南柯子》等，唐教坊曲。双调，上下片各三平韵，各四句，共五十二字。韵脚在《词林正韵》第五部平声九佳（半）、十灰（半）通押。

题解：咏菊是千载题材。无论何时、何地、何人咏来，都会有其新意或感受。自己亦不例外。

伤春暮
（伤春怨）

1997年4月28日于乌鲁木齐

瑞雪灯前路，转眼江河开处。带雨看梨花，嫩蕊初零含露。

万家争春渡，企盼留春驻。有意起宏图，眼去速，伤春暮！

自注：

词牌《伤春怨》，前后片各三仄韵，计四十三字。
韵脚在《词林正韵》第四部去声六御、七遇通押。
伤春暮：此句略有悲情，但词整体是积极的，末句当不伤大雅。

观含鄱口有感
（忆江南）

1997年8月3日于大连

观美景，刻意上庐山。止步含鄱知彼岸，

伴君游兴欲飘仙。久别忆江南。

自 注：

此词牌又名《望江南》、《梦江南》、《江南好》，入"南吕宫"。《望江南》始自朱崖李太尉（德裕）等人。此小令二十七字，三平韵，中间七言两句，以对偶为宜。
韵脚在《诗韵集成》上平声十五删通覃转先通押。
题解：1994年4月，随先生到江西南昌参观。特别在游庐山活动中，留下了深刻的印象。名山峻岭，风光无限，感受极深，且多年难忘，因有久别忆江南之说。

拟古反腐
（如梦令）

1998年6月23日于大连

莫说桃源红杏，败柳残花何幸。行院腐人心，自古往来花病。如梦，如梦，但愿世人无痛！

自 注：

此词又名《忆仙姿》、《宴桃源》，五代后唐庄宗（李存勖）创作。《如梦令》"曾宴桃源深洞……"技巧虽高，内容古腐，故反其意而用之。

此词三十三字，五仄韵一叠韵。

韵脚在《中华新韵》十七庚仄声、十八东仄声通押。

桃夭
（玉楼春）

1999年4月28日于大连

滨城尽是春来早，绿柳青黄风渺渺。百花山鸟恋情深，人心多姿情更妙。

人间小鸟知多少，妖艳生风招客俏。野花中看赛桃夭，怎比文冠花顶诰。

自注：

此词又名《玉楼春令》、《西湖曲》等，双调，五十六字，前后片各三仄韵。本篇尽按《词律》填写。

韵脚在《词林正韵》第八部仄声上声十七筱、十九皓；去声十八啸、二十号通押。

题解：春暖花开，春情欲雨，风情缭绕，桃之夭夭。感慨心跳，戏为此诗。

胡涂

（菩萨蛮）

2000年5月7日

自来大义为人主，小心无错跟人仆。商贾日胡涂，买官谋坦途。

看其啤酒肚，眼色如猫鼠。二奶鬼臊狐，人渣须铲除。

自 注：

此词又名《子夜歌》、《重叠金》，唐教坊曲，《宋史·乐志》、《尊前集》、《金奁集》并入"中吕宫"，小令四十四字，前后片各两仄韵，两平韵，平仄递转，情调紧促转低沉。韵脚在《词林正韵》第四部平声六鱼、七虞；仄声上声六语、七麌；去声七遇通押。

扫文明害虫

（醉太平）

2001年8月26日于大连

腰脐带松，争露胸。主持台上装疯，卖臊情气浓！

朦胧梦中，沾污稚童。中华传统难容，扫文明害虫！

自 注：

词牌《醉太平》双调小令，三十八字，前后片各四平韵。
韵脚在《词林正韵》第一部平声一东二冬通押。

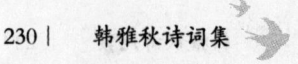

欣闻辽宁台报明年将实现载人航天飞行感赋
（蝶恋花）

2002年8月1日

玉兔吴刚心已醉。梦想年年，熬得伊憔悴。难耐天空遥恨坠。嫦娥寂寞空潜泪。

忽报航天人列队。玉宇琼楼，欢悦仙人醉。共议返回无反悔，月宫喜闹尘无寐。

自注：

此词牌《蝶恋花》定格双调，六十字，上、下片各四仄韵。
韵脚在按《词林正韵》第三部去声四寘通十一队（半）通押。
题解：此词背景借中国神话"嫦娥奔月"故事。（此处略）
玉兔、吴刚皆神话中被天帝惩罚来到月宫中的，形同劳役之灾。
嫦娥则有所不同，系吃灵药成仙逃难暂时离地面到最近的月宫上的。虽然仙女的生活是长生不老的，但离开了大地，失去亲人，她只能无限孤寂和悲哀……
中国航天人即将实现载人飞行，大胆设想离登月的日子已为时不远。告知嫦娥，中国大地上广大人民被欺凌被压迫的苦难日子已经一去不复返了，即使已经成了仙的嫦娥也不能不为人间的变化而高兴，进而回来看看久违的亲人，是可以想见的。

立春
（汉宫春）

2003年2月4日

万户迎春，北国春来晚，还有微寒。东风送暖，丽日照遍青山。南园草绿，看今时，虎踞龙蟠。风雨里，飞花逐水，迎来盛世空前。

说有今生来世，指心多祝愿，国泰民安。人间铲除苦难，共有蓝天。风云变幻，路艰难、叵测衣冠。挥法剑、驱妖避险，年年如月团圆！

自注：

词牌《汉宫春》，定格九十六字，前后片各四平韵。
韵脚在《词林正韵》第七部平声十四寒、十五删、一先通押。
题解：今春不比往常，过去的一年祖国建设飞速发展，国力与日俱增，人民幸福安康。十六大的胜利召开，使我国在新世纪一开始即打下了强国之基，铺好了富国之路，百姓振兴,盛世空前,无不令人感慨万千……
然而,世界上并不太平,美英等好战国家,为了掠夺中东的石油,千方百计地要挑起战争,多少和平无辜者每日挣扎在死亡线上,今年的春天令人喜忧参半……

叹彗星
（浣溪沙）

2003年7月24日于大连

才女莺歌宠大名，歌坛不慎自污情，彗星下场泪纵横。

男女钟情曰稳重，谨防随遇乱德行，多情梦幻毁终生！

自注：

《浣溪沙》又名《山花子》，谱式依《词谱》，四十二字，上片三平韵，下片两平韵，过片两句多用对偶。

韵脚在《词林正韵》第十一部平声八庚，一韵通押。

题解：有的年轻歌星，虽已成名，但不自重，经不起金钱的诱惑，往往不慎，滑下台面，如彗星一样身败名裂，实为可叹。

虫蛊
（如梦令）

2003年12月30日

歌舞花哨心堵，另类腐蚀虫蛊。变种就时髦，异化不服东土。虫蛊，虫蛊，受害国人谁怒！

自注：

此词又名《忆仙姿》、《宴桃源》，五代后唐庄宗（李存勖）创作。《清真集》"中吕调"格。三十三字，五仄韵，一叠韵。

韵脚在《词林正韵》第四部仄声上声七麌；去声七遇通押。

虫蛊：有毒的虫子。

题解：多年来异域文化对中国文化的腐蚀，有向纵深发展的趋势，青年一代有些人受害颇深，不分香臭，不辨美丑。说点感受与有识之士商榷。

铁流赞叹
（浣溪沙）

2004年7月1日于大连

万水千山几渡关，铁流三载入延安，牺牲流血事艰难。

抗日八年人赞叹，扫清忧患保家园，汉家薪火万年传！

自 注：

此词格系唐教坊曲，《金奁集》体入"黄钟宫"，四十二字，上片三平韵，下片两平韵，过片两句多用对偶。

韵脚在《词林正韵》第七部平声十三元、十四寒、十五删、一先通押。

题解：1934年共产党红军在粉碎蒋介石的五次围剿后，从井冈山革命根据地出发深入敌后抗日。边走边与反动派战斗。经历近三年的时间一路战胜千辛万苦终于胜利到达延安，走上抗日第一线。与日寇进行长达八年的持久战，终于打败日本侵略者，为挽救国家危亡，做出了历史性贡献！

先生大病

（临江仙）

2004年9月26日

大病先生如梦境，记时令尔心惊。垂危茕弱返神清。悲情苦痛，远处有哭声。

难得人生蒙大幸，回头胜过重生。归来大笑念真经。乖儿孝悌，父女感真情。

自注：

此词双调小令，唐教坊曲。《乐章集》入"仙吕调"，五十八字，上下片各三平韵，另有变格。

韵脚在《词林正韵》第十一部平声八庚、九青通押。

题解：先生大病，孩子们痛心疾首。复原后回忆病中事感慨良多，并常常提起此事。因写一首小词作为纪念。

母爱儿传
（一剪梅）

2005年2月25日于大连

母去而今已八年。常忆无眠，怀抱心寒。

苦思良久日缠绵！难忘生前，风雨艰难。

大爱平生总不言。邻里寒暄，针灸无传。

知恩图报在人间，梦里留连，几代人缘？！

自注：

此词格系双调小令六十字，声情低抑，句句叶韵。
韵脚在《词林正韵》第七部十三元（半）、十四寒、十五删、一先通押。
题解：由于意外使母亲早年寡居，母女一路走来坎坷艰难……母亲靠做些手工活维持生计……然而自己手上却有祖上传下来的一些针灸技术，常为周围群众治病，却分文不取，深得邻里赞誉……对照现代人的生活环境，真是天上地下了！母亲去世多年，我从无忘怀，仅以一首小词寄托眷念之情。

海滨之韵
（玉楼春）

2006年5月1日于大连

青山绿水春来早，游客蜂拥杂喊叫。人中莽汉正年轻，眼底无人搡老少。

众人都说风光好，海上飞舟游艇俏。云山雾罩闹声喧，有感开心春色妙！

自 注：

《玉楼春》又名《惜春容》、《玉楼春令》、《春晓曲》等。双调，五十六字，前后片各三仄韵。

韵脚在《词林正韵》第八部仄声十八啸、十九皓通押。

题解：住在旅游点上，既幸运又闹得慌。有感复杂，不能不令人溢于言表……

浪漫
（菩萨蛮）

2006年5月3日

大海浪漫观潮处，大连湾内连天雾。岸畔有蜗居，和谐称小区。

气候不必问，只要观潮言。人老爱其身，孩儿归省勤。

自 注：

此词四十四字，前后片各两仄韵，两平韵，平仄递转。

韵脚在《词林正韵》第四部六御、七遇、六鱼；第六部十二震、十三问、十一真、十二文通押。

华表
（玉楼春）

2006年7月10日于大连

威名盖世风光好，海景山花怀国宝。气温无惧怕寒冬，华表人群朝大道。

民生安乐烦心少，简爱深闺诗情妙！休争名利恨无踪，意趣通天升广袤！

自注：

此词又名《玉楼春令》、《西湖曲》等，双调，五十六字，前后片各三仄韵。
韵脚在《诗韵新编》十三豪仄韵上声、去声交错通押。
题解：年轻时志愿赴边疆地区工作。在边疆度过了33个春秋。先生还在西藏阿里工作十年之久，回到新疆体检时测出心脏右室肥厚，心偏多年无药可医。……退休后我们依儿傍女来大连养老，由于自然环境好，心神安逸，先生的心室肥厚不治而愈，多年的心偏正常了。更有条件走了从文之路。可见，人后半生在良好的环境里，注意身体的同时，坚持老有所学，是能够做出一些事业的。

先生生活写照
（诉衷情）

2007年7月9日于大连

海滨间坐地书前，鸥鸦叫连天。环城看人流患，游客尽欢颜。

捉笔砚绘田园，诉情缘。原为素愿，身手无凡，景色无边！

自 注：

（此词拟张挥词格）双调，四十四字，上下片各三平韵。
韵脚在《词林正韵》第七部十三元、五十删、一先通押。
地书：地标式建筑，像一本翻开的巨形大书本，本地称百年城雕，据说地下深藏前任市长的"百宝箱……"
题解：此诗写先生退休后的日常生活暨学习。

咏菊

（浪淘沙）

2007年9月18日

艳丽撒黄金，志在芳馨。巍冠素气伴良辰。家秉善行前辈论，大义怀恩。

孝子必忠贞！挚友开樽，东篱普世望人尊。陶令诗传人自信，返璞归真！

自注：

此词牌系唐教坊曲，刘禹锡、白居易并作七言绝句体，五代时始流行长短句双调小令。五十四字，前后片各四平韵。富激情。

韵脚在《诗韵集成》下平声十二侵通真、庚、青转元通押。

返璞归真：去除外在的，恢复原来的质朴状态。也说"归真返璞"。"璞"字有两解：(1) 璞：pú 阳平；(2) 璞：pò 去声，原璞的璞。这里用为去声璞之意。

题解：婆母一生吃斋念佛。我与先生都劝过她，希望改进，但都被拒绝。可儿女们却都尊重奶奶的信仰。并都在心灵上默默地向善，大展孝心，我们年长以后才慢慢体会到，人有信仰总比没信仰好！

赠先生
（诉衷情令）

2007年12月23日于大连

曾因梦想闹心头，西域闯神州。奔波半世生路，打造在中流。

人未老，志难酬。写春秋。此生心照。虽是平居，更有风流。

自注：

此词根据涂宗涛《诗词曲格律纲要》填写。此词又名《一丝风》、《诉衷情》，双调，四十四字。前段四句，三平韵。后段六句，三平韵。
韵脚在《词林正韵》第十二部十一尤（独用）。
题解：先生勤于工作，热爱学习。退休没失落感。且不服老，不但不游山玩水，还把精力转移到从文上来。兴趣颇浓，出诗集写长篇小说，一发不可收拾……甚至影响到我，也偶尔学写一点，意在和谐，丰富生活。

感玩弄感情者
（木兰花）

2008年6月17日

古今盛赞情偕老，企盼人间真爱妙。历来痛骂负心贼，妇道森严如缚镣。

眼前情感多乖巧，浪漫矫情蝶戏闹。招摇过市弄高枝，以色事人尤道貌。

自注：

此词取木兰花《玉楼春》五十六字，前后片各三仄韵，不同部换叶。
韵脚在《词林正韵》第八部仄声上片韵脚在上声十九皓；去声十八啸；下片韵脚在上声十八巧，去声十九效通押。

哀心路

（望江东）

2008年8月11日

一步登天路途巧，走正道，心情好。投机取巧反栽倒，范跑跑，人丢了。

名人巧嘴知多少，母鸡叫，天阴早。距离零者不嫌老，脸丢掉，难回讨。

自注：

此词仅见《山谷琴趣外篇》，殆是黄庭坚创作。五十二字，前后片各四仄韵。韵脚在《词林正韵》第八部上声：十七筱、十八巧、十九皓通押。

乖乖鸟
（醉花阴）

2008年9月16日

乖鸟飞来人醉了，父说聪明宝。可爱女儿娇，四岁心灵，酷爱诗文少。

成人事业争分秒，智慧如姜老。理想胜心魔，商战才高，天教成功早。

自注：

此词以《漱玉词》为准。小令五十二字，前后片各三仄韵。
韵脚在《词林正韵》第八部仄声十七筱、十九皓通押。
题解：此词为小女儿36岁生日而作。

情乱
（踏莎行）

2008年12月

　　爱有多难，情长多变。青春无忌多忧患。

　　可悲说唱诱人烦，迎合幼稚煽情乱。

　　有意胡编，痴人结怨。尔今爱恋称随便。

猫儿求偶叫欢天。西方有类无低贱！

自 注：

此词双调小令，《张子野词》入"中吕宫"，五十八字，上下片各三仄韵，四言双起，例用对偶。

韵脚在《词林正韵》第十七部去声：十四愿、十五翰、十六谏、十七霰通押。

题解：此词对贩黄暨黄泛有感而发。可能得罪个别爱黄者，顾不了那么多了。

游栈道
（浣溪沙）

2009年8月26日于大连

栈道新开风景台，游人观海叹乖乖。闹腾返顾在悬崖。

座不垃圾扔满地，离开惬意感悠哉。和谐难得自然来！

自注：

此词格系唐教坊曲，《金奁集》体入"黄钟宫"，四十二字，上片三平韵，下片两平韵，过片两句多用对偶。

韵脚在《词林正韵》第五部平声：九佳（半）、十灰（半）通押。

题解：现今有的游人有如"刘姥姥"进大观园一样不拘小节，不讲卫生，令外国游客侧目……国家对公民道德素质的提高应下一番苦心，方可和国格相衬。

闲游

（渔歌子）

2009年10月28日

沧海无波自有威，水天一色旷灰灰。神有色，鬼无为。闲游长者笑微微。

自注：

此词又名《渔父》，唐教坊曲，《金奁集》入"黄钟宫"。二十七字，四平韵。中间三言两句，例用对偶。

韵脚在《词林正韵》第三部平声四支、五微、十灰通押。

题解：海边漫步，享受大自然给人们带来的快活，与游人互动，感慨良多。

新民
（忆王孙）

2009年11月17日

新民发现大油田，国泰民安心不寒，始信华人八百年。笑官员，总理开心夜失眠。

自注：

此词单词小令，又名《豆叶黄》、《阑千万里心》。三十一字，五平韵。
韵脚在《词林正韵》第七部十四寒，一先通押。
题解：欣闻报道，先生的家乡新民市发现大油田，可开采100年。总理都喜悦得彻夜无眠，因有感作小词贺之。

雨水日迎婿归

（鹧鸪天）

2010年2月19日（雨水）

雨水迎来婿即回，今朝丽日更生晖。难为万物增新瑞，福自天来亦自为。

身似醉，婿今归，天高任鸟自由飞！人生富贵心无累，安享天年笑许微。

自注：

此词又名《思佳客》，五十五字，前后片各三平韵，前片三、四句与过片三言两句多作对偶。

韵脚在《词林正韵》第三部平声四支、五微、十灰（半）通押。

题解：大女婿吴建平自外地归来，全家从此可以团聚了。欣喜兴奋之余，特作小词一首以记今日之事。

近海观潮
（竹枝）

2010年6月15日于大连

绝壁潮头激我情，游人观海喜盈盈。夕阳灿烂波如镜，感受涛声融笑声。

自 注：

《竹枝》根据刘禹锡词格。
韵脚在《词林正韵》第十一部八庚，一韵通押。

杜鹃红

（浣溪沙）

2010年9月22日于大连

扑面秋风笑脸盈，红香绿玉醉新城，鸟儿反哺教心诚。

儿女登门多喜庆，天伦和乐系真情，今生百岁不虚行。

自 注：

此词系教坊曲格式，《金奁集》入"黄钟宫"、"中吕宫"。四十二字，上片三平韵，下片两平韵，过片两句多用对偶。

韵脚在《词林正韵》第十一部八庚，一韵通押。

题解：适逢八月中秋儿女们都回家看望，备感孝悌情深。嗣后写小词一首以证难忘之感受。

参中山陵感孙中山

（忆王孙）

2011年4月5日

金陵高处忆孙文，北上无回悲苦身，国共合流事履新。仰昆仑，联共联俄大统人！

自注：

此词牌单调小令，又名《阑千万里心》等，三十一字，五平韵。
韵脚在《词林正韵》第六部平声十一真、十二文、十三元（半）通押。
金陵，在江苏南京市清凉山。后人作南京市的别称。
钟山，在南京市东区。一称金陵山，又名紫金山，西峰建有天文台，名胜古迹有中山陵建在南坡。
题解：谓中山陵，不能不联想到这位曾经改变影响中国历史进程的伟大的民主革命家（俗称旧民主革命）推倒中国最后一个封建王朝，并建立旧民主政府，任临时大总统的事。但这种由多党派军阀把持的半封建半殖民地政府，却无法让中国人民得到彻底的解放与富强。
但孙中山写在历史上还有另一笔最大的功绩是，在他人生的后期，在中国共产党和苏俄共产党帮助下，决心改组国民党，实行联俄、联共、扶助工农的三大政策。1924年11月应约北上，提出召开国民会议，废除不平等条约，同帝国主义走狗，北洋军阀段祺瑞、张作霖等作尖锐的斗争。可惜1925年3月12日却因病在北京早逝。临危留下遗嘱："必须唤起民众，及联合世界上以平等待我之民族，共同奋斗。"
遗憾的是，他身后的国民党，完全违背了当年他们尊为"国父"的孙中山遗训，抛弃民众，卖身投靠帝国主义，至今还挟洋人自重，妄图"不独、不统、不武"，企图保持现状，单干下去……不统，即独，中间的路是没有的岂能妄想！

伟大的女性

（玉蝴蝶）

2011年5月1日

　　国事恨人磨难，蒋汪叛变，无恤冤魂。事业为民，坚挺抗日红军。反封建、官僚买办，断血缘，秉智超群。梦之芹，口心相印，举世风闻。

　　君君，民民信任，母仪天下，礼教香熏。在港艰辛，尽人知抗战屈尊！倡合作、敢批内战，反卖国，拥共知恩。美钗裙，走前求信，爱党情真。

自注：

此词原为唐《金奁集》入"仙吕调"……后宋教坊衍为慢曲，《乐章集》亦入"仙吕调"。九十九字，前片五平韵，后片六平韵。

韵脚在《词林正韵》第六部平声十一真、十二文、十三元（半）通押。

题解：孙中山的夫人宋庆龄家族子弟姊妹大都为蒋家王朝而效力。唯宋庆龄与众不同，有自己独立的民主与进步的思想人格。

早期为孙中山的"联俄、联共、扶助工农"的三大政策而奔走。大革命失败后公开通电宣言谴责蒋、汪的叛变行为。

1927年在苏欧期间，当选为反帝同盟大会主席，成为世界反法西斯委员会主要领导人。

1932年参加组织中国民权保障同盟。保护和营救了大批共产党员和爱国民主人士。

抗日期间支持共产党领导的抗日战争，揭露国民党对日妥协投降，对内反共反人民的政策。

1948年任中国共产党革命委员会名誉主席。

1949年出席全国政协第一届全体会议，当选为中华人民共和国副主席。

1981年5月加入中国共产党，全国人大授予其中华人民共和国名誉主席荣誉称号。

宋庆龄是一位杰出的女性。是伟大的爱国主义、民主主义、共产主义战士！

包N奶
（眼儿媚）

2011年7月23日

N奶争包闹无羞，四女结冤仇。青春丑陋，花针生锈，前景堪忧。

冒牌学者多荒谬，腐败世人愁。伤心网友，谁能相救，浪子盲流！

自注：

此词又名《秋波媚》，四十八字，前片三平韵，后片两平韵。
韵脚在《词林正韵》第十二部平声十一尤（独用）。
盲流：西部地区有对无业流民的称呼。
题解：《半岛晨报》2011年7月23日B02版报道："发妻举报包N奶，中科院准院士涉贪被刑拘。"中科院地质与地球物理研究所称："对其违法乱纪和不道德行为绝不姑息……"当事人名：段振豪。

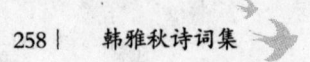

举觞
（浪淘沙）

2011年7月31日

自盗金元欲垮台，掠夺挥霍百年哀。亏空资本玩无赖，世界多报喜咏怀！

自注：

此词依唐教坊曲，刘禹锡、白居易七言绝句体，仄起，三平韵。
韵脚在《词林正韵》第五部平声：九佳（半）、十灰（半）通押。
题解：据《参考消息》2011年7月31日头版头条消息"美国'债务荒诞剧'拖累世界"……美国人靠举债过日子，维持高消费，吃喝玩乐由世界人民埋单，今天走到了崩溃的边缘。对美国人民我们欲哭无泪！对帝国主义者，请世界和平人民共同举觞！

有感儿媳
（浪淘沙）

2011年8月6日七夕节于大连

人事看聪明，互敬心灵。有缘千里会钟情。巧遇今生知有幸，福在家庭。

挚爱翅升腾，哦哦卿卿。芳心火热是忠诚。教子相夫人所敬，家道峥嵘。

自注：

此词牌系唐教坊曲，刘禹锡、白居易并作七言绝句体。五代时始流行长短句双调小令。五十四字，前后片各四平韵。富激情。

韵脚在《词林正韵》第十一部平声八庚、九青、十蒸通押。

题解：近闻社会上，有的家庭不睦，甚至造成一些反常事故，所谓"一年半一个轮回"。纯属屁话！众人舆论纷纭。联想自家儿媳邵锐妻贤子孝，颇感自豪。此处所说，绝非自夸其德，只是说好的家庭还多着哪！但同时也要人们想到，家风的好坏，是教育的结果，善良的人们对子女千万不可放任……

平民之恨
（鹧鸪天）

2011年9月11日

导弹横飞不死心，电光石火炸民民。丧妻败子心头恨，家破人亡做鬼魂！

兵血刃，众成军，同仇敌忾战狂人。和平反战隔离阵，核弹威胁自作坟！

自注：

此词五十五字，前后片各三平韵，前片第三、四句与过片三言两句对偶。

韵脚在《诗韵集成》下平声十二侵通真转文、元通押。

题解：现在世界上很不安宁。

贫与富
（渔家傲）

2010年10月15日

商海风流多暴富，公私勾结如虫蛀。贫富相差加速度。情难恕，贫贫富富须关注。

为富不仁人忌妒，匹夫忍痛为其怒。弱者哀哀无眷顾。贫富路，谨防扩大心惊怖！

自 注：

此词北宋流行词谱，有用以作"十二月鼓子词"者。《清真集》入"般涉调"。双调，六十二字，上下片各五仄韵。

韵脚在《词林正韵》第四部仄韵去声七遇，一韵通押。

题解：社会主义制度，共富是大方向，如果贫富差距太大，而且从长远来说，此矛盾不用政策加以解决，总有一天私有暴富会超出公有（即国家），到那时再开始重视，恐怕就晚了……

曲

庆幸
（[中吕]《醉高歌》）

1980年10月26日

经年累月离情。家事烦杂要命。人生不省青春梦。转眼归来笑醒。

自注：

此曲为《中原音韵》小令定格。句法为六六七六，共二十五字。

此曲韵部在《曲韵新编》第十五部庚青目，阳平韵情，仄韵去声命，仄韵上声醒，拘押。

题解：青年时期由于工作需要，长期分居。培育子女，照顾老人，过于操劳。生活工作像梦幻一般过去了。中年以后先生援藏归来，庆幸他身体健康，家庭生活还好。激动之中因写两句小令曲子以记过去。

自勉

（[正宫]《塞鸿秋》）

1993年秋于乌鲁木齐

前途远大心呼唤，为官传统谁能断，光阴似电愁如幔，风吹雨打累如贯。时人求桂冠，栽倒银河畔，毕生难说为谁伴？

自注：

《塞鸿秋》共七句，作"七七七七五五七"格式。为本曲定格。通体宜用去声韵，要求严格。

此曲依《曲韵新编》第九部桓欢平韵冠，去声韵唤、断、幔、贯、畔、伴，拘押。

题解：改革开放以来，贯看官场腐败，权钱交换。机关也不例外。争权夺利，世风败坏，江河日下。先生在机关做长时间的审计工作，感受亦深。交谈起来，更有一种愤世的情绪，使自己感同身受。由此，便把这种感受写了出来。

性情男人

（[中吕]《山坡羊》）

1996年12月19日于乌鲁木齐

人生不赖，都称人率。众皆待见人豪迈。有情怀，喜人来，冷风吹起奸人害。硬汉揪心情不矮：才，通大海；斋，盛斗百。

自注：

曲谱系取[中吕]《山坡羊》定格。又名《山坡里羊》、《苏武持节》，共十一句，作"四四七三三七七，一，三；一，三"字句式。

曲韵依元朝周德清编《中原音韵》为据，此曲韵在"六，皆来"部，去声仄韵：赖、率、迈；上声仄韵：百、矮；平声韵：怀、来；才、斋。按款拘押。

题解：人常说先生是性情中人。天长日久了，慢慢也可感受到一些。此曲即是对先生的某些性格侧面的描述，当然也不够全面。

流行歌舞
（[越调]《小桃红》）

2005年春于大连

狂歌乱舞染黄源，性感缠绵骗。体态轻薄眼神贱。腐如猿，扇腥诱惑黄一片。玩如猫犬。躁情随便。黄恨愤无前。

自注：

[越调]《小桃红》，又名《武陵春》、《采莲曲》、《绛桃春》、《平湖乐》，共八句，作"七五七三七四,四五"。
此曲韵律依《曲韵简编》第十部先天韵阳平：源、猿、前。仄韵去声：骗、便。上声犬拘押。
题解：国家号令扫黄打非以来，全国正气上扬，邪气歪风下降，西方腐朽势力汗颜。他们花重金收买的垃圾黄仔们，渐渐失去梦想的一切。这表明西文黄腐的毒草，在伟大中国的土地上，永远也扎不下根，迟早被彻底扫除干净！

零伍抒怀

（[中吕]《折桂令》）

2005年10月18日于大连

看人间、野兽心肝。毁我家园。绝地人寰。千古奇冤！同仇国难。愤恨身残。遗憾民族梦幻。心怀世界难安。南京杀戮三十万，地陷唐山。民恨渊源。天地无颜。

自注：

此曲又名《折桂回》、《蟾宫曲》、《蟾宫引》、《步蟾宫》……此调"句字不拘，可以增损"，句中四字、六字多或有两三句七字。一般十一句至十三句，多至十七句。

此曲韵字依《曲韵简编》第八部阴平：肝、安、山。阳平：寰、残、颜。仄韵都在去声：幻、万。一系拘押。

题解：此曲写于庆祝世界反法西斯暨中国抗日战争胜利、台湾光复六十周年之际。中国共产党领导下的中国军民，既制止了日本帝国主义对中国的侵略，又抗击了日军对亚洲的侵略，这对世界和平也是一大贡献！

邻海抒怀

([越调]《天净沙》)

2007年10月3日于大连

波涛万顷喧哗，客流闪失娇娃，妖艳领班不雅。骄阳高挂，笑游人乱如麻。

自注：

[越调]《天净沙》又名《塞上秋》，共五句，作"六六六四六"格式。
此曲韵脚在《词林正韵》第十部平声：九佳（半）、六麻；仄韵在十卦（半）通押。
题解：人们都爱游山玩水，笔者亦不例外。有幸住在海滨旅游点上，但旅游旺季有时也有一种闹得慌的感觉，有些人与事总让人啼笑皆非……

滥情

([双调]《新水令》)

2009年春

滥情忧患秀情奸。放荡随便多灾难。虽自主，少心肝。忌惮翻番，浪叫声蛮，丑态人烦，毒泛歌坛，皮厚总无颜！

自注：

此曲谱在套数中，多用为首曲。字句不拘，有增损格。拙作依无名氏[双调]《新水令》格而作。

曲韵脚在《曲韵新编》第八部平声韵阴平：奸、番、肝；阳平：蛮、烦、坛、颜，拘押。

题解：顾名思义，笔者写此曲意在讥讽社会歌舞活动中的垃圾，甚至希望有同感者共同举起扫把，予以清扫，谨望有关方面加以改造！

传统

（[双调]《折桂令》）

2011年10月6日

宣扬正气何难。人要无贪，但愿平凡。教育为先，民生路径，抵制黄奸。传统文明灿烂，无忧孔孟无攀。历代人精，爱之千年；毛邓根基，世代灵坛。

自注：

[双调]《折桂令》又名《蟾宫曲》、《广寒秋》、《天香引》等。此调句字不拘，十一至十三句不等。十一句的句式为"六，四，四四，四，四六，六，四四，四"，此曲为十二句。

此曲韵脚《曲韵简编》第八部寒山韵目，平韵：难、凡、奸、攀、坛。仄韵：烂。

题解：社会风气混乱，贬斥之外，尚应提倡，即发扬正气，才能真正抵制邪气。正气要植根于教育，使青少年自小便能区分美丑，代代相传，中华民族的正气，抵制外来的邪气，有足够的力量！

福祉
（卷尾诗·古风）

2011年10月28日于大连

侠义公心展众怀，

斯民步履旅悠哉。

平安社日人豪迈，

莺歌燕舞福祉来！

自注：

诗取古风体格式，不拘平仄。
韵脚在《诗韵新编》九开，一韵通押。
题解：卷尾诗是一部诗集的收束，总结。编筐窝篓重在收口。一部书，诗集就像一个筐篓，里边盛了些东西，需要总起来说一下。让读者初步能了解一点作者的主观意图，正是笔者的初衷。究竟筐里装了些什么，读者看后即知，此处不便赘言了。

后序
（七绝）

2011年10月30日

诗人梦寐渴求成，

素手扪心索智能。

梦笔飞腾龙戏凤，

狂飙大作总为情！

　　　　　　　　　　　孙元凯拙笔
　　　　　　　　　　　2011年10月30日

自 注：

诗取七绝第一种平仄格式。
韵脚在《诗韵新编》十七庚，一韵通押。
题解：此诗为中国作家协会会员孙元凯先生所作，对诗集的写作与总体内容，作了高度的概括，给读者一个总的认象与美好的记忆。

图书在版编目（CIP）数据

韩雅秋诗词集 / 韩雅秋著. —北京：文化艺术出版社，2012.8
ISBN 978-7-5039-5425-2

Ⅰ.①韩…　Ⅱ.①韩…　Ⅲ.①古体诗—诗集—中国—当代
②词（文学）—作品集—中国—当代　Ⅳ.①I227

中国版本图书馆CIP数据核字（2012）第165246号

韩雅秋诗词集

著　　者	韩雅秋
责任编辑	刘晋飞
装帧设计	姚雪媛
出版发行	文化艺术出版社
地　　址	北京市东城区东四八条52号　100700
网　　址	www.whyscbs.com
电子邮箱	whysbooks@263.net
电　　话	（010）84057666（总编室）　84057667（办公室）
	（010）84057691—84057699（发行部）
传　　真	（010）84057660（总编室）　84057670（办公室）
	（010）84057690（发行部）
经　　销	新华书店
印　　刷	国英印务有限公司
版　　次	2012年10月第1版
印　　次	2012年10月第1次印刷
开　　本	700毫米×1000毫米　1/16
印　　张	18
字　　数	80千字
书　　号	ISBN 978-7-5039-5425-2
定　　价	29.00元

版权所有，侵权必究。印装错误，随时调换。